FAUCH

KILLERKATZEN

BUCH VIER

SKYE MACKINNON

ÜBERSETZT VON
ANNETTE KURZ

Peryton Press

Impressum

Fauch © 2020 Skye MacKinnon

ISBN: 9781913556136

Die Originalausgabe erschien 2019 unter dem Titel *Hisss*.

Verlag: Peryton Press, The Old Library, Fort Road, Kilcreggan, Großbritannien.

Übersetzung: Annette Kurz

Umschlaggestaltung: Ravenborn Covers

Satz: Peryton Press

perytonpress.com

INHALT

Anmerkung der Autorin

Wie du aus den vorangegangenen drei Büchern schon weißt, spielt diese Serie in einer Welt, die der unseren sehr ähnlich ist, aber auch einige entscheidende Unterschiede aufweist. Die Technik hat sich anders entwickelt – es gibt zwar einige Geräte, die wir auch kennen, wie z. B. Fernseher, aber keine Handys, Autos oder das Internet. Übrigens auch keine Schusswaffen.

Es gibt in diesem Band einige Szenen, die (nicht nur) Vegetarier / Veganer sicher abstoßend finden. Wie ihr beim Weiterlesen aber feststellen werdet, sind die teils drastischen Darstellungen der Handlung geschuldet. Kat wird wieder »normal«, versprochen...

PROLOG

Sie haben uns gleichzeitig erschaffen.
    Wie Zwillinge.
Wir sind gleich.
Völlig.
Ich weiß, was sie denkt...
...bevor ich es tue. Und ich lache über ihre
    Witze...
**...bevor ich den Satz zu Ende gespro-
    chen habe.**
Wir sind gleich.
**Deswegen haben sie uns gemeinsam
    erschaffen.**
Sie wollten sehen, wie ähnlich wir uns
    wären, wenn sie uns in derselben
    Umgebung aufwachsen ließen.
**Aber sie hatten nicht erwartet, dass
    wir uns so nah stehen würden.**

Das Original war sehr ungesellig. Sie dachten, wir würden uns nicht mögen.

Stattdessen wurden wir zu einer Einheit.

Getrennt zu sein war ... fürchterlich.

Es war ein Experiment. Uns zu trennen und in verschiedene Städte zu bringen.

So weit voneinander entfernt.

Aber ich konnte sie spüren.

Ich hörte ihre Gedanken.

Und wir planten unsere Flucht.

Sie hatten keine Ahnung, dass wir über diese Entfernung miteinander kommunizieren konnten.

Wir sorgten dafür, dass sie nichts davon erfuhren.

Nach unserer Flucht fanden wir einander wieder.

Wir sind mehr als die Summe unserer Individuen.

Viel mehr.

Wir wussten, dass es noch mehr von uns gab, konnten sie aber nicht hören wie wir einander hören.

Wir suchten nach ihnen. Fanden eine, aber es war zu spät.

Sie war zu jung, um zu sterben. Sie werden das büßen müssen.

Ja, sie werden es büßen.

Jetzt, wo wir einander gefunden haben.

Die Erste von uns, die Älteste.

Sie hat den Kampf aufgenommen, hier in der Stadt, wo wir erschaffen wurden.

Aber sie weiß noch nicht alles. Sie hat noch nicht erkannt

wie tief die Wurzeln reichen.

Wir müssen es ihr sagen, sonst könnte es zu spät sein.

Andere sind bei ihr. Sie könnten sie ablenken.

Sie hat Vorrang. Falls sie unsere Pläne durchkreuzen...

...werden wir sie beseitigen.

EINS

Die beiden Mädchen sitzen auf dem Sofa, ihre Beine berühren sich, ihre Hände sind ineinander verwoben. Es ist, als sähe ich mich vor sechs Jahren im Spiegel. Zweifach. Es ist schon etwas verstörend, wie ähnlich sie sich sehen. Nicht nur einander, sondern auch mir.

Meine Schwestern. Sie haben sich als Nummer Vier und Fünf vorgestellt, wobei Fünf auch auf den Namen Ivy hört. Sie haben noch nicht viel gesagt, und ich hatte genug mit Anstarren zu tun. Wie die anderen auch, die hier sitzen und sie verwirrt und staunend beäugen.

Keiner hatte erwartet, dass die Klone *uns* finden würden.

»Schöner Wagen«, sagt Ivy schließlich. Selbst ihre Stimme ist wie meine, auch wenn sie mit einem leichten Akzent spricht, den ich noch nicht richtig einordnen kann.

»Ist nur vorübergehend«, sage ich abwesend. »Man hat unser Haus abgefackelt.«

»Die Meute?«, fragt Nummer Vier, und ich nicke.

»Sie fanden es nicht so toll, dass wir ihre Labore vernichtet haben.«

Die beiden Mädchen schauen sich an und grinsen. »Wir dachten uns schon, dass du das gewesen sein könntest«, sagt Ivy lächelnd. »Wir wussten von dir, aber weil du mit Lakefield gearbeitet hast, waren wir nicht sicher, auf wessen Seite du stehst.«

Lakefield. Der Geheimnisvolle Unbekannte. Diesen Verrat habe ich noch nicht verdaut. Der Mann, dem ich vertraut hatte, von dem ich glaubte, er habe mich vor der Meute gerettet, stellte sich als einer meiner Schöpfer heraus.

»Keine Sorge«, stoße ich hervor. »Ich hab ganz bestimmt nicht mit ihm zusammengearbeitet. Er hat mich getäuscht.«

Vier nickt. »Das ist typisch für ihn. War. Schön, von seinem Ableben zu hören.«

»Ihr scheint sehr gut informiert zu sein«, bemerkt Griffon. Er sitzt auf dem Küchenschrank und lässt seine langen Beine herabbaumeln.

»Das müssen wir«, sagen die beiden absolut gleichzeitig. Also das ist wirklich gruselig.

»Wir konnten vor zwei Jahren fliehen«, erklärt Vier. »Seitdem sind wir auf der Flucht. Wir sind nur noch am Leben, weil wir immer wussten, was unsere Feinde vorhatten.«

»Wir hatten schon lange vor, ihn zu töten«, fügt Ivy

hinzu. »Aber wir waren noch nicht bereit, offen gegen ihn und die anderen vorzugehen. Jetzt sind wir es. Wir haben trainiert, haben so viele Informationen zusammengetragen wie irgend möglich. Wir sind bereit für den Kampf.«

In den Klon-Akten war nur von einem Zwillingspaar die Rede, und demnach sind diese beiden Mädchen erst ungefähr vierzehn Jahre alt. Sie benehmen sich, als wären sie älter als ich. Zum Gruuuuseln. Sie sind meine Schwestern, und eigentlich sollte ich so eine Art Verbindung zu ihnen spüren, aber im Moment zögere ich noch, mich ihnen zu öffnen. Das könnte ein Trick sein. Sie könnten genauso gut noch Teil der Meute sein. K4 und K5, also gibt es zwischen ihnen und mir noch zwei weitere Klone. Viele Möglichkeiten für die Wissenschaftler in der Meute, ihre Methoden zu verfeinern und Klone gehorsamer zu machen. Es könnte eine Falle sein, und ich werde keinesfalls hineintappen.

Lily schaut sie prüfend an. »Wie kann ich euch auseinanderhalten? Habt ihr unterschiedliche Muttermale oder so was?«

Die Mädchen sehen sich grinsend an, wechseln wieder erheiterte Blicke.

»Das kannst du nicht.«, sagt Vier mit breitem Grinsen. »Bei der Meute haben sie Zahlen auf unsere T-Shirts geschrieben und uns gezwungen, unsere Haare unterschiedlich lang zu tragen. Jetzt nutzen wir aus, dass wir Zwillinge sind. Keiner kann uns unterscheiden«.

Ich sage nichts. Aber ich glaube, ich kann es. Nicht aufgrund des äußeren Anblicks, sondern des Geruchs.

Der ist zwar auch sehr ähnlich, aber Ivy riecht ein kleines bisschen süßlicher.

»Wohnt ihr hier in der Stadt?«, fragt Benjamin. Ich bin meinem Team dankbar, dass sie die Fragerei übernehmen. Ich bin viel zu verwirrt, um etwas anderes tun zu können, als zu starren und zuzuhören.

Vier nickt. »Wir sind vor drei Monaten zurückgekommen. Direkt nach unserer Flucht sind wir so weit wie möglich weggerannt, aber wir wollten uns nicht länger wie Opfer verhalten. Wir beschlossen, zurückzukommen und ein bisschen Schaden anzurichten. Die Leute zu jagen, die uns das alles angetan haben.«

»Was haben sie getan?« Bethany lehnt sich vor, das Kinn in die Hände gestützt. Sie erinnert mich an einen Detektiv, der Verdächtige befragt, aber sie spielt dabei den ‚guten Polizisten‘, den freundlichen. Das ist genau das Gegenteil zu ihrem sonst eher brummigen, gelangweilt wirkenden Verhalten.

Die Zwillinge sehen mir direkt in die Augen. »Die Erinnerungen«, sagt Ivy und verzieht leicht das Gesicht. »Fehlen dir da welche, Kat?«

Sie nennen mich zum ersten Mal beim Namen. Ein Schauer läuft mir über den Rücken. Es fühlt sich irgendwie falsch an, eine Ausgabe meiner selbst meinen Namen sagen zu hören, ohne dass er auch sie selbst mit einschließt.

»Es ist nicht so, dass ich sie vermisse«, sage ich zögernd. »Ich wusste ja nicht einmal, dass es da Lücken gab, bis mir der Doktor sagte, dass wir uns schon früher begegnet seien und ich mich nicht daran erinnern könnte. Er zeigte mir Fotos von Leuten, die ich eigentlich wiedererkennen müsste, aber da war nichts. Das Merkwürdige ist, dass ich nicht das *Gefühl* habe, etwas vergessen zu haben, falls ihr versteht, was ich meine.«

»Du kannst dich nicht daran erinnern, dass du dich nicht erinnern kannst«, murmelt Vier sanft. »Stimmt's?«

Ich nicke. »Genauso ist es. Ist das bei euch auch so?«

»Ja, aber mir fehlt weniger als Ivy. Sie ...«

»Ich kann mich an meine ersten sieben Lebensjahre nicht erinnern«, unterbricht Ivy. »Das haben sie mir angetan. Sie haben mir meine Erinnerungen genommen, sie aber nicht durch etwas anderes ersetzt. Ich weiß, dass sie mir fehlen, weil da in meinem Kopf nur ein großes schwarzes Loch geblieben ist. Vier hat mir erzählt, was in der Zeit passiert ist, aber selbst mit diesem Wissen fehlt mir jegliche Erinnerung. Es ist einfach alles weg.« Sie schluckt sichtbar. »Ich will sie zurück haben.«

Vier drückt ihrer Schwester die Hand. »Und wir werden sie dir wiedergeben. Irgendwie.«

Griffon räuspert sich. »Girls, tut mir leid für euch, aber wir haben die Labore der Meute dem Erdboden gleich gemacht und viele der Leute, die dort arbeiteten, getötet.«

»Das wissen wir«, gibt Ivy zurück. »Aber ihr habt nicht alle zerstört.«

Ich richte mich auf. »Es gibt noch mehr?«

Sie nickt. »Wir wissen von mindestens einem

weiteren Labor. Wir waren nur nicht stark genug, allein dorthin zu gehen, aber mit deiner Hilfe müsste es gelingen. Sie ist eine richtige Hexe, aber sogar sie kann wohl von drei Leuten überwältigt werden.«

»Sie?«, frage ich, und in meinem Kopf schrillen die Alarmglocken.

Die Zwillinge sehen einander an. »Sie weiß es nicht«, flüstert Ivy mit aufgerissenen Augen.

Welches Unheil kündigt sich da an?

»Von wie vielen von uns hast du gehört?«, fragt Vier vorsichtig.

»Klein-Kat, also K8, und jetzt euch beiden. Wir wollten die anderen suchen, aber die Meute hat unser Hauptquartier und alle dort gelagerten Informationen zerstört. Wir müssen wieder von vorne anfangen.«

Wieder tauschen die Mädchen einen Blick. Ich wünschte, sie würden damit aufhören. Da komme ich mir richtig blöd vor, als hätte ich nur die Hälfte der Puzzle-Teile, und sie würden sich weigern, mir die restlichen zu geben.

»Wir dachten, du wüsstest inzwischen mehr«, sagt Ivy beinahe anklagend. »Du warst hier vor Ort, während wir weit weg waren. Du hattest einen Vorteil.«

»Ich konnte mich erst vor wenigen Monaten aus den Fängen der Meute befreien«, ich schlucke schwer. Nein, das stimmt so nicht. »Vor wenigen Tagen«, korrigiere ich mich. »Ich dachte zwar, ich sei frei, aber sie haben mich die ganze Zeit überwacht. Erst als wir in das Labor eingebrochen sind, habe ich überhaupt erfahren, dass ich ein Klon bin und dass es andere außer mir gab. Ich bin immer noch am Aufarbeiten.«

»Wissen wir«, sagt Ivy und rollt die Augen. »Deshalb haben wir uns nicht früher gemeldet. Wir mussten warten, bis du völlig frei warst.«

Ich starre sie an. »Ihr hättet also früher Kontakt aufnehmen können? Mir sagen können, dass die Meute mich immer noch kontrollierte?«

Sie zuckt mit den Schultern. »Ja, aber wir waren damit beschäftigt, die anderen zu finden. Wir wussten ja, wo du warst und dass du auf unserer Seite gekämpft hast, mehr oder weniger. Man muss halt Prioritäten setzen.«

Die sind angeblich erst vierzehn, oder? Und dabei schon so abgebrüht, dass sie mir viel älter vorkommen.

»Von wie vielen wisst ihr?«, frage ich sie.

»Von dir, K2 und K7. K3 und K6 sind tot. Du sagtest, du kennst K8, bleiben also nur die Jüngsten.

Sie zuckt nicht einmal mit den Augenlidern als sie davon spricht, dass zwei von uns gestorben sind. K3 und K6. Ob sie einen richtigen Namen hatten? Sind sie je in den Genuss von ein bisschen Freiheit gekommen? Ich ziehe es vor, nicht danach zu fragen. Jetzt ist nicht der Zeitpunkt, über die Vergangenheit nachzudenken. Sobald wir die Meute endgültig vernichtet haben, werde ich um sie trauern. Bis dahin muss ich mich voll auf die Gegenwart konzentrieren.

»Wir wissen nicht, wie viele es sind«, fügt Vier hinzu. »Und du?«

»Doktor Fitzroy sprach von sieben, aber dann

fanden wir Unterlagen, in denen von zehn – Klonen die Rede war. Vielleicht gibt es noch mehr, aber wir gehen mal von mindestens zehn aus. Also könnten K9 und K10 noch irgendwo sein. Wer ist K7?«

»Sie ist... anders«, sagt Ivy zögernd. »Sie lebt noch bei ihnen. Wir waren uns nicht sicher, ob wir uns um sie kümmern könnten, wenn wir sie befreiten.«

»Wie – anders?«, fragt Bethany und nimmt mir das Wort aus dem Mund.

»Schwer zu beschreiben. Das wechselt von einem Moment zum nächsten – mal ist sie ein ganz normales Kind, dann wieder total wild, durchgedreht. Sie haben ihr kein Halsband umgelegt, deshalb glauben wir, sie haben irgendetwas mit ihr gemacht, dass sie so werden ließ.«

Mich schaudert bei dem Gedanken. Noch eine, deren Zukunft sie zerstört haben.

»Wo ist sie jetzt?«

»In Attenburg. Dort nennen sie sich nicht die Meute, ist aber mehr oder weniger dasselbe.«

»Ich kenne die Leute, die dort das Sagen haben«, faucht Griffon. »Das sind die schlimmsten. Selbst mein Vater hat es vermieden, mit ihnen Geschäfte zu machen, wenn es sich vermeiden ließ.«

Sirenen, vor denen sich andere Sirenen fürchten. Klingt gar nicht gut.

»Wir müssen sie irgendwann da rausholen«, sage ich und unterdrücke ein Zittern in der Stimme. »Und die Leute vernichten, die sie gefangen halten. Wir müssen dafür sorgen, dass keiner mehr auf diese Art leiden muss. Wir sollten die letzten sein.«

Vier nickt. »Hast du von den Fangs gehört?«

»Leider ja.«

Sie verzieht das Gesicht. »Genau, ich weiß, was du meinst. Wir sind erst vor kurzem auf sie gestoßen, aber es ist klar, dass sie die Fäden ziehen. Selbst wenn wir hier und in Attenburg die Meute vernichten, könnten die anderen immer noch die Informationen haben, die ihnen das Klonen ermöglicht. Wir müssen an die Drahtzieher herankommen.«

»Das ist unmöglich«, wirft Beth ein. »Keiner weiß mit Sicherheit, wer die Fangs sind. Sie tarnen sich durch Auffälligkeit, verschmelzen mit ihrer Umgebung, sind angeblich überall. Sie könnten übers ganze Land verteilt sein. Wir könnten sie nie alle töten, auch wenn ich das gerne täte.«

»Nein, aber vielleicht gibt es da einen anderen Weg«, sagt Griffon bedächtig. »Wir könnten sie unterwandern. Informationen im Innern der Organisation sammeln und dann zuschlagen.«

Ivy lacht. »Und dann reiten wir alle auf einem Einhorn über grüne Auen.« Sie wendet sich mir zu. »Dein Team spricht nicht gerade für dich.«

»Tut es doch. Zeig's ihnen, Griffon.«

»Mit Vergnügen.«

Er steht auf und räuspert sich. Da ich weiß, was gleich kommt, versuche ich mich innerlich zu wappnen. Ich will nicht wieder dem Zauber seines Gesangs erliegen und ihn küssen. Oder mit dem Messer stechen, wie beim ersten Mal, als er mir seine Sirenen-Künste demonstrierte.

Griffon öffnet den Mund und beginnt zu singen. Musik klingt in meinem Kopf, nicht nur die Stimme des Sirons, sondern ein ganzes Orchester. Ich schließe die Augen und lasse mich von den herrlichen Tönen durchdringen. Ich entspanne mich zum ersten Mal seit Tagen. Ich bin in Sicherheit. Geliebt. Glücklich. Ich leiste keinen Widerstand. Ich könnte es tun, will aber nicht. Ich sauge die Musik auf wie eine Droge. Die Gelegenheiten, Glück zu empfinden, sind momentan eher rar, und dies ist meine Chance, es zu spüren.

Bilder tanzen vor meinem inneren Auge. Griffon, der mich anlächelt. Grübchen umspielen seine Lippen. Wärme blickt aus seinen Augen. Ein Kuss, sanft, aber fordernd. Ich in seinen Armen. Seine liebevollen Berührungen, als seine Hände meinen Körper erkunden.

Die Musik endet abrupt, und ich öffne die Augen. Alle sehen leicht benommen, aber glücklich aus. Mit Ausnahme von Vier. Sie sitzt auf Griffons Schoß, eine Hand an seiner Kehle, die Krallen ausgefahren. Scheiße.

Sie dreht sich mit vor Wut verzerrtem Gesicht zu mir um. «Du hast einen von *denen* in dein Haus gelassen?»

Ich stehe auf und lege ruhig eine Hand auf ihre, ziehe sie von Griffon weg. Zum Glück lässt sie das zu. Ich will keiner meiner Schwestern gegenüber handgreiflich werden müssen.

»Er ist nicht wie die anderen«, erkläre ich sanft. Ich bin immer noch in dieser glücklichen, ruhigen Stimmung; sonst hätte ich wahrscheinlich anders reagiert, wenn einer meiner Männer bedroht wird. »Er steht auf unserer Seite und hat mehr als einen Beweis dafür geliefert. Ich vertraue ihm bedingungslos.«

Sie starrt mich unnachgiebig an. »Das kann nicht dein Ernst sein. Er hat dich bezirzt«.

Griffon kichert. »Das ist eher umgekehrt, sie hat mich bezirzt«.

»Nicht der richtige Zeitpunkt«, stöhnt Ryker. »Hör schon auf, mit Kat zu flirten.«

Ivy sieht sich im Zimmer um. »Ihr seid alle einverstanden, dass er hier ist? Ihr vertraut ihm?«

Alle meine Teamkollegen nicken ohne zu zögern. Ich lächle sie an. »Seht ihr? Er gehört zu M.I.A.U. wir können nun mal unsere Familie oder die Art, wie man uns erzieht, nicht frei wählen. Wir drei sollten das besser wissen als alle anderen.«

Vier windet sich aus meinem Griff und setzt sich zu ihrer Schwester auf die Bank. »Wofür steht M.I.A.U. eigentlich?«, fragt sie.

Gut, sie wechselt das Thema. Das lasse ich ihr diesmal durchgehen. Aber sollte sie Griffon noch einmal angreifen, werde ich nicht so nachsichtig sein.

Lily kichert. »Wissen wir auch nicht.«

»Wieso das denn?«, fragt Ivy ungläubig. »Wer hat sich den Namen ausgedacht?«

Ich hebe grinsend die Hand. »Ich habe nur die Punkte hinzugefügt, damit das Ganze professioneller aussieht. Ursprünglich sollte es einfach ‚Miau' heißen. Das ist in etwa das Geräusch, das ich ausstoße, wenn ich jemanden umbringe. Seither haben wir über verschiedene Versionen nachgedacht, aber uns für keine wirklich entschieden.«

»Zum Beispiel?«

»**M**ord **i**st **a**chtsames **U**mbringen«, gibt Benjamin zum Besten. »Das ist meine Lieblingsfassung.«

»**M**änner **i**m **a**llgemeinen **u**nnütz«, kichert Lily.

»Hey!« Benjamin macht eine scherzhaft abwehrende Geste.

Sie lacht verächtlich. »Du bist kein Mann. Du bist ein Junge.«

Bethany räuspert sich. » **M**ein **I**nteresse: **Au**rum. Oder ‚alles **u**ntenrum‘, was Lily angeht.«

»Hey! Ich hab schon lange keinen mehr verführt.« Lily rollt mit den Augen. »Hatte genug mit Muschis zu tun.«

Die Zwillinge starren uns an. »Ihr seid ganz schön krank.«

Ich lache, und meine Freunde fallen ein. Klar, sind wir. Aber wir stehen alle für M.I.A.U. – *Mord in aller Unbeschwertheit.*

Zwei

Der Wagen platzt nun wirklich aus allen Nähten. Lily und Bethany teilen sich ein kleines Schlafzimmer am einen Ende, Benjamin schläft auf der Küchenbank, und ich liege eingequetscht zwischen Ryker, Griffon und Lennox auf unserer extra großen Matratze. Wir müssen uns wieder ein richtiges Haus suchen, aber momentan ist es wohl nicht ratsam, sich irgendwo niederzulassen, ohne zu wissen, was als nächstes geschehen wird. Dieser Wagen ist immerhin beweglich. Mit ein paar Pferden als Zugtieren könnten wir sogar nach Attenburg fahren oder wo immer es uns hin verschlägt.

Die Zwillinge sind wieder fortgegangen. Sie wollten mir nicht sagen, wo sie übernachten, werden aber morgen wiederkommen. Ich verstehe schon, warum sie mir nicht vertrauen. Ich tue das umgekehrt ja auch noch nicht. Äußerlich sind wir zwar identisch, aber niemand weiß, was im Kopf des anderen vorgeht. Wenn sie mir auch nur ein bisschen ähnlich sind, können sie ohne rot zu werden lügen und täuschen. Genau das macht mir Angst. Ich will nicht, dass sie so abgebrüht sind. Aber nachdem ich mit ihnen gesprochen habe, halte ich es für möglich, dass sie innerlich noch größeren Schaden davongetragen haben könnten als ich.

Ryker schiebt einen Arm unter meine Schultern und zieht mich näher an sich heran. Ich gebe nach und kuschele mich an ihn. Lennox knurrt protestierend und rutscht von seiner Seite näher an mich heran. Griffon schläft schon tief und fest neben Ryker; sonst würde er sich diese Kuschelparty sicher nicht entgehen lassen.

Früher war es mir ein Graus, nach dem Sex noch mit einem Mann im Bett zu liegen. Ich befriedigte einen Trieb und hatte Spaß dabei, aber der Mann am anderen Ende seiner Rute interessierte mich nicht im Geringsten. Nun liege ich mit drei Männern in einem Bett und würde keinen von ihnen rauswerfen. Wie schnell sich die Dinge doch ändern können!

Jetzt, wo die Zeit meiner Rolligkeit vorbei ist, habe ich nicht den ständigen Drang, mit einem von ihnen zu schlafen. Da reicht es mir, mich an sie zu kuscheln und ihre Nähe zu genießen. Ja, ich habe mich verändert. Die scharfen Ecken und Kanten schleifen sich ab. Wenn ich noch einen Rest Selbsterhaltungstrieb hätte, würde ich schreiend davonlaufen, bevor ich Gefangene meiner Gefühle werde.

»Mach's nicht«, flüstert Lennox.

»Hä?«

»Ich weiß genau, was du jetzt denkst. Du hast Angst davor, glücklich zu sein. Du willst weglaufen. Du willst uns nicht zu dicht an dich heranlassen. Und hast Angst, dass wir durch die Mauern dringen, die du um dein Inneres errichtet hast.«

»Stimmt nicht«, murmele ich, obwohl er den Nagel auf den Kopf getroffen hat.

»Wirklich?«, fragt Ryker sanft. »Bist du sicher?«

»Misch dich nicht auch noch ein. Ist schlimm genug, wenn unser Schoßhündchen emotional wird.«

Lennox knurrt. »Wen nennst du da Schoßhündchen?« Und mit einer Geschwindigkeit, die er wohl seinen Wandler-Fähigkeiten verdankt, rollt er sich auf mich und drückt mich auf die Matratze. Ich wehre mich, allerdings nicht ernsthaft. Wenn ich wollte, könnte ich mich seiner entledigen, aber ich bin gespannt, was er vorhat. So eine Art professionelle Neugier.

Mein Pulsschlag erhöht sich und diesmal bin ich nicht imstande, ihn zu kontrollieren. Diese Jungs werden mein Tod sein. Wenn sie es tatsächlich schaffen, meine Mauern zu durchbrechen, bin ich vielleicht auch nicht stark genug, gegen die Meute vorzugehen. Das muss ich verhindern. Meine Schwestern zu retten ist schließlich wichtiger als mein eigenes Glück.

Lennox beugt sich über mich, aber bevor seine Lippen meine berühren können, ziehe ich die Beine an und werfe ihn ab. Er fliegt über das Bett und landet mit dem Rücken an der Wand. Dort starrt er mich entgeistert an. Huch. Ich habe mich noch nicht daran gewöhnt, jetzt über außergewöhnliche Kräfte zu verfügen. Was auch immer in dem blauen Haus bei Boris, dem Wissenschaftler, passiert ist, mein Körper ist jetzt um einiges stärker. Rohe Kraft pulsiert in meinen Adern und sucht nach einem Auslass. Ich bin schon längst nicht mehr müde.

»Kat?« Griffon setzt sich auf und reibt sich die Augen. »Was ist los?«

Die Besorgnis in seinen Augen finde ich zum Kotzen. Ich rappele mich auf und renne aus dem Zimmer. Durch die Küche und aus dem Wagen raus, nur fort von hier, bis mir die kalte Nachtluft ins Gesicht schlägt. Ich schließe hinter mir die Tür und versichere mich, dass keiner mir folgt. Ich atme tief ein und sehe hinauf in den Sternenhimmel. Da unser Wagen weit außerhalb der Stadt steht, können ihre Lichter hier nicht den klaren Blick auf die Sterne trüben. So viele habe ich von unserem früheren Hauptquartier nie gesehen.

Schritte im Innern des Wagens lassen mich erahnen, dass ich nicht lange allein bleiben werde. Verdammt. Warum können sie mich nicht in Frieden lassen?

Ich hole noch einmal tief Luft und wandle mich dann. Es fühlt sich an, als ließe ich eine Maske fallen und schlüpfte jetzt in meine eigentliche Haut. Mir war nicht bewusst, wie anstrengend es war, in meiner menschlichen Gestalt zu bleiben. Ich hatte noch keine Zeit herauszufinden, was genau mit mir in diesem Labor geschehen ist, aber es scheint an der Zeit, das jetzt zu tun. Ich bin stärker, aber auch unbeherrschter. Es bedarf immer größerer Anstrengung, das wilde Element in mir unter Kontrolle zu halten.

Nachdem der Geheimnisvolle Unbekannte – nein, Professor Lakefield – mir das Halsband abgenommen hatte, dauerte es mehrere Wochen, bis ich mich nicht mehr eingesperrt fühlte. Mich an das Gefühl von Freiheit gewöhnt hatte. Ich habe den Eindruck, diesen Prozess jetzt erneut durchlaufen zu müssen.

Ich springe und renne. Statt wie sonst immer auf die Dächer der Stadt zu steigen, nehme ich jetzt die entgegengesetzte Richtung, weg von den Häusern, hin zu den Feldern und Wäldern. Ich brauche Luft, freien Raum um mich herum, nicht die Enge der Stadt.

Ich jage über den holprigen Untergrund und genieße das Zusammenspiel aller Fasern meines Körpers, meiner Muskeln. Sie spannen sich an und entspannen sich wieder, Anspannung, Entspannung. Der Wind fährt durch meinen schwarzen Pelz, der mich mit der Nacht verschmelzen lässt. Ich bin eine todbringende Mordmaschine, geschaffen dafür, stark und gewalttätig zu sein. Aber heute Nacht werde ich niemanden töten. Ich werde nur rennen, rennen, bis ich müde bin.

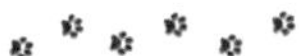

Die Morgensonne kitzelt mich im Gesicht.

Nein, halt mal. Das ist eine junge Katze.

Sie leckt meine Nase mit ihrer rauen Zunge. Abartig.

Ich knurre, und sie weicht ein Stück zurück, scheint aber kein bisschen Angst zu haben. Die meisten Katzenjungen würden sich vor so einem riesigen Panther sicher fürchten, aber nicht dieses hier. Ich habe es noch nie hier gesehen, aber es riecht, als ob es zu Rykers Rudel gehört. Er hat nicht nur die Jungen aufgenommen, um die Benjamin sich gekümmert hat, sondern auch noch ein paar weitere Streuner. Er kann es offenbar nicht lassen. Hat ein viel zu weiches Herz.

»Geh weg«, stöhne ich und lege mir eine Pfote über die Augen. Nicht, dass ich noch müde wäre, aber ich will noch ein bisschen allein sein. Ich spüre schon, dass dies ein Tag wird, an dem ich keinen um mich haben will, weder Katzen noch Menschen. Ich war in letzter Zeit viel zu viel mit allen möglichen Leuten zusammen. Die Katzennatur in mir mag das gar nicht.

Die kleine Katze hört nicht auf mich und legt sich ins nasse Gras, schmiegt sich eng an meine Flanke. Im Ernst jetzt? Bin ich so wenig furchterregend geworden?

»Hau ab«, fauche ich.

»Nicht fluchen«, murmelt sie in einer piepsigen, kindlichen Stimme. »Ryker sagt immer, wir sollen nett sein und nicht fluchen.«

»Ryker kann mich mal an meinem pelzigen Hinterteil lecken«.

»Warum sollte er das tun?«

Ich war noch nie so in Versuchung, ein Katzenjunges zu verspeisen.

Ich seufze und starre sie an. »Was machst du hier? Ich habe zu tun.«

»Er hat mir gesagt, ich soll dich finden und schauen, ob es dir gut geht.«

»Gut, du hast mich gefunden. Jetzt mach dich vom Acker.«

Das Kätzchen sieht mich mit gerunzelter Stirn an. Können Katzen ihre Stirnmuskeln überhaupt so bewegen?

»Du bist nicht gerade nett, weißt du?«

»Verpiss dich.«

Das kleine Katzenmädchen scheint endlich verstanden zu haben und geht weg. Ich würde ja gerne noch ein wenig schlafen, aber dank dieser verdammten Fellkugel bin ich jetzt hellwach. Ich hasse Katzen, und ja, ich darf das sagen, ich bin schließlich in weitestem Sinne eine von ihnen.

Mir knurrt der Magen, Zeit zu gehen. Vielleicht hätte ich das Katzenjunge zum Frühstück vertilgen sollen. Scherz, Scherz, ich bin schließlich kein Kannibale. Ich stehe auf und sehe mich um. Vergangene Nacht bin ich weit gelaufen, so weit, wie schon lange nicht mehr. Wird eine Weile dauern, bis ich wieder in der Stadt bin. Ärgerlicherweise gibt mir das viel Zeit zum Nachdenken. Das habe ich schließlich gestern schon zur Genüge getan. Jetzt will ich eigentlich nur noch mein Leben weiterleben. Meine Schwestern finden. Uns ein neues Zuhause schaffen. Glücklich sein. Ja, dann werde ich vielleicht auch in der Lage sein, bezüglich der Männer eine Entscheidung zu treffen. Aber nicht jetzt. Allein der Gedanke daran, analysieren zu müssen, wie ich auf sie reagiere, lässt mich fast die Haarklumpen von vorgestern wieder hochwürgen.

Ich stille meinen Durst an einem kleinen Bach, der zwei Lavendelfelder durchschneidet, und mache mich in leichtem Trab wieder auf den Heimweg. Es ist ein schöner Tag, die Sonne wärmt mir den Pelz, Schmetterlinge verirren sich gelegentlich in mein Gesicht, aber ich bin nicht so froh, wie ich eigentlich sein müsste. Ich bin am Leben, alle meine Freunde ebenfalls, aber da ist ein ungutes Gefühl in meiner Magengrube, das immer weiter wächst, je näher ich der Stadt komme. Wenn ich doch nur wüsste, was mit mir los ist!

Wenn ich das alte Haus noch hätte, würde ich mich jetzt in die Küche schleichen, und eine ordentliche Portion Katzenminze zu mir nehmen. Danach sieht die Welt immer ganz anders aus. Es geht nichts über Katzenminze. Ich bezweifle aber, dass von meinem Vorrat irgendetwas aus dem Feuer gerettet werden konnte. Ich muss unbedingt neue besorgen, gerade für dunkle Stunden wie jetzt, in denen ich einen Stimmungsaufheller brauche. Ob Ryker noch welche hat? Aber dann stünde ich in seiner Schuld. Nein, ich werde mich bei meinen üblichen Lieferanten selbst darum kümmern, auch wenn das länger dauert.

Ich muss einen schmalen Fluss überqueren, um die Außenbezirke der Stadt zu erreichen. Es gibt eine Brücke, aber da würden mich andere Leute sehen, wo ich jetzt nicht mehr den Schutz der Dunkelheit habe. Ich sehe in das kalte, schnell fließende Wasser. Nicht nur Hauskatzen haben eine Aversion gegen Wasser, ich mag es auch nicht. Ich teste die Wassertemperatur mit einer Pfote. Eisig! Igitt. Sollte ich das als Zeichen betrachten, lieber etwas länger allein zu bleiben? Nicht zu den anderen zurückzukehren, in der Wildnis mein Leben als Panther weiterzuführen, von dem zu leben, was ich so finden kann, keine menschlichen Probleme wälzen zu müssen – das wär's! Das Leben könnte so schön einfach sein.

Als ich gerade meinen ganzen Mut zusammengenommen habe und ins Wasser springen will, lässt mich ein schwaches Miau herumfahren. Die Stimme kenne ich doch! Es ist das Kätzchen, das mich vorhin geweckt hat. Und sie klingt verängstigt, als ob sie Schmerzen hat. Na toll. Ist wohl an der Zeit, mal wieder den Retter zu spielen.

DREI

Ich folge ihrem mitleiderweckenden Miauen weg vom Fluss, in ein Wäldchen hinein. Warum zum Teufel ist die Kleine hier überhaupt hingelaufen? Das ist nicht der direkte Weg in die Stadt und ganz sicher auch keine Abkürzung.

Als ich näherkomme, steigt mir ein neuer Geruch in die Nase. Nasser Hund. Nein, nicht Hund. Wolf. Wie Lennox Geruch, aber viel bedrohlicher. Dies hier sind Wandler, und keine von der netten Sorte. Das wird immer spannender. Dem Geruch nach zu urteilen, sind da mindestens drei Werwölfe vor mir. Wenn sie alle so groß sind wie Lennox, dann habe ich ein Problem. Zum Glück sind die meisten Wandler von kleinerer Statur und nicht so kräftig gebaut. Außerdem habe ich sowieso keine Wahl. Das Kätzchen ist in Gefahr, und ich bin die einzige, die ihm helfen kann.

Warum muss ich immer in der Nähe sein, wenn

Leute sich in Gefahr bringen? Können sie das nicht tun, wenn ich weiter weg bin? Wäre einfacher für mich – für sie allerdings nicht. Aber man darf ja wohl auch mal ein bisschen egoistisch denken.

Der Wald gibt mir ausreichend Deckung, um mich langsam an die Wölfe heranzuschleichen. Ich hatte Recht, es sind drei, sie haben das Katzenjunge umzingelt. Sein kleiner Körper ist mit Schnittwunden übersät, die aber nur oberflächlich und nicht lebensbedrohlich zu sein scheinen. Sie spielen mit der Kleinen.

Das bringt mein Blut in Wallung. Wie jeder Killer weiß ich Folter durchaus zu schätzen, aber nur an Leuten, die das verdient haben, nicht wehrlosen Katzenkindern. Sie hält sich die Pfoten über den Kopf, um so den nächsten Angriff abzuwehren.

Schluss jetzt.

Ich mache einen Satz aus dem Unterholz und lande auf einem der Wölfe, drücke ihn auf den Boden. Bis die beiden anderen richtig gemerkt haben, was los ist und sich zu mir umdrehen, habe ich ihm schon die Kehle herausgerissen. Blut füllt meinen Mund, warm und süß. Ich erstarre, mir wird klar, dass ich das nicht so – *wohlschmeckend* – finden sollte. Ich sollte nicht noch mehr davon trinken wollen.

Einer der anderen Wölfe, ein dunkelgrauer, springt auf mich zu, und instinktiv rolle ich mich zur Seite und weiche ihm mit Leichtigkeit aus. Auch der zweite stürzt sich ins Gemenge, und dann kämpfen wir, beißen um uns, setzen unsere Krallen ein. Jedes Mal, wenn ich einen beiße, füllt sich mein Mund wieder mit Blut. Ich schlucke es hinunter, labe mich gierig an diesem Lebenselixier. Ich bin im Blutrausch, denke nicht mehr klar, lasse meinen Instinkten freien Lauf und kämpfe wild und ohne Regeln.

Als einer von beiden in die Luft springt, um mich von oben herab zu attackieren, rolle ich mich auf den Rücken und empfange ihn mit meinen ausgefahrenen Krallen, schlitze ihm den Bauch auf. Seine Eingeweide regnen auf mich herab, und mein einziger Gedanke ist, wie gut die wohl schmecken mögen. In mir brennt der Hunger, ein unstillbares Verlangen, das ich nicht beherrschen kann. Der Körper des Wolfs fällt auf mich wie ein fliegendes Büffet. Ich öffne meine Kiefer weit und fange, was auch immer an Organen sich bietet, aber dann ist da der andere Wolf und senkt seine Zähne in meine Flanke.

Ich brülle auf und rolle mich auf die Pfoten. Hocke dem aschgrauen Wolf gegenüber, der mich anknurrt. Wie in Zeitlupe beugt er die Hinterbeine, ist bereit zum Sprung, aber ich bin schneller. Noch bevor er den Boden verlassen hat, sitze ich auf ihm, ziehe meine Klauen über seinen Rücken, umklammere mit den Zähnen sein Genick. Er ist tot, noch bevor er den nächsten Atemzug getan hat.

Gut, das ist noch nie passiert. Ich war schon immer schnell, aber nicht so schnell. Die Wunde in meiner Flanke pocht, der Schmerz lässt aber schon nach. Als heilte sie in Rekordzeit.

Die kleine Katze miaut herzerweichend. Sie leckt sich das Blut von ihren kleinen Pfoten und dann aus dem Fell, soweit sie herankommt. Es scheint ihr aber gut zu gehen. Ein bisschen wackelig auf den Beinen, leicht verletzt, aber nichts Dramatisches.

Ich wende mich von ihr ab und sehe mir die Wolfsleichen genauer an. Sie duften herrlich. Süßlich, roh, noch mit dem Echo des Lebens, das nicht mehr in ihnen ist. Am liebsten würde ich meine Zähne in ihre Leiber senken, sie zerreißen, das frische Fleisch hinunterschlingen. Ihr Blut trinken.

»Bitte friss mich nicht.«

Die zitternd gesprochenen Worte des Katzenmädchens holen mich aus meinem Rausch zurück.

Ich sehe sie schockiert an. Blut tropft aus meinem Fell, füllt meinen Magen, trieft auf meinem Mund. Was zum Teufel habe ich getan?

Ich stolpere zurück, weg von den Leichen. Auch wenn ich so langsam wieder klar denken kann, ist der Geruch doch immer noch sehr verlockend. Das ist stärkeres Zeug als Katzenminze. Wenn mich das Junge nicht mit großen Augen ansähe, würde ich die Wölfe trotz allem verschlingen und höchstens noch die Knochen übriglassen.

»Ich fress dich schon nicht«, murmele ich und ziehe mich noch weiter zurück. »Ist es schlimm?«

»Geht schon«, sagt sie tapfer, aber mit schwacher Stimme.

Seufzend lasse ich mich auf den Boden nieder. »Spring schon auf. Ich werde dich tragen.«

Sie sieht mich mit angsterfüllten, weit aufgerissenen Augen an. Sie hat offensichtlich Angst vor mir, einem

Vertreter ihrer eigenen Art. Ich muss das ganz schön verbockt haben.

»Mach schon, oder du musst nach Hause laufen«, fauche ich sie barscher an, als ich eigentlich wollte.

Nach einem weiteren unsicheren Blick tut sie wie ihr geheißen, klettert auf meinen Rücken und drückt ihre winzigen Krallen gegen meine Haut auf der Suche nach einem Halt. Ich stehe vorsichtig auf und achte darauf, dass sie nicht herunterfällt. Als ich merke, dass sie da oben sicher ist, beschleunige ich meinen Gang und eile zur Stadt zurück. So gern ich auch noch etwas für mich alleine darüber nachdenken würde, was da gerade passiert ist – jetzt muss erst einmal das Katzenkind versorgt werden.

Bis wir am Wagen ankommen, brennt die Mittagssonne unbarmherzig auf uns nieder. Das Blut in meinem Fell ist getrocknet und fällt in Schuppen auf den Boden, so dass wir eine Spur aus Blutkrümeln hinterlassen. Das Katzenkind hält sich weiter fest, aber sein Griff wird schwächer, es wird nicht mehr lange durchhalten.

Ich kann Ryker schon riechen, noch bevor ich ihn in seiner wunderschönen Katzengestalt auf uns zu sprinten sehe. Und dann bin ich umringt von einem guten Dutzend Katzen, die mich umkreisen, als sei ich ein Beutetier. Ich lasse mich auf den Boden nieder, damit die Kleine absteigen kann, aber sie klammert sich weiter an mir fest.

»Steig ab«, fordere ich sie auf, diesmal nicht unfreundlich. »Ryker wird sich um dich kümmern.«

»Und wer kümmert sich um dich?« flüstert sie mit einem sehr dünnen Miau.

Ich lache. »Das übernehme ich gerne selbst. Komm schon, geh runter, sonst muss ich dich abschütteln.«

Sie klettert endlich herunter und wird von den übrigen Katzen begrüßt. Eine der großen weiblichen Katzen beginnt sie abzulecken. Sie riecht nicht wie die Mutter der Kleinen, aber ich bin froh, dass sich jemand ihrer annimmt. Mir fällt auf, dass ich überhaupt nicht nach ihrem Namen gefragt habe. Egal, ich bin schließlich eine Katze und als solche nicht gerade für soziale Kompetenz bekannt.

Ryker kommt langsam näher und bleibt einige Schritte entfernt von mir stehen. Sein Schwanz schwingt von einer Seite zur anderen, Zeichen seiner Nervosität.

»Was ist passiert?«, fragt er und hat den Blick weiter auf das Katzenjunge geheftet. Er weicht mir aus. Ist es wegen des Blutes?

»Drei Wölfe haben uns angegriffen. Wolfs*wandler*.«

»Wandler?«. Er sieht mich endlich direkt an. »Von der Meute?«

Ich schüttele den Kopf. Blutschuppen regnen auf den Boden. Mir ist danach, sie aufzulecken. »Nein, dem Geruch nach zu urteilen nicht. Außerdem ... sie waren irgendwie anders. Du erinnerst dich sicher an die grobschlächtigen Typen in dem blauen Haus, die partout nicht sterben wollten?«

Er nickt mit gequältem Gesichtsausdruck. »Ist nicht leicht, die zu vergessen.«

»Diese hier rochen ähnlich. Und ihr Blut schmeckte genauso. Süßlich. Wie Milch mit Honig.«

»Du hast ihr *Blut* getrunken?«, fragt er und weicht meinem Blick erneut aus. Irgendetwas stimmt nicht zwischen uns.

»Ich habe ihnen die Kehlen durchgebissen, ist also sozusagen zufällig passiert. Es ist schwierig, nichts davon in den eigenen Hals zu bekommen, wenn die Kiefer eine stark blutende Wunde umschließen.«

Er nickt, aber die atmosphärische Störung zwischen uns hält an. Ich finde es nicht gut, dass er mir dieses Gefühl vermittelt. So als hätte ich etwas Falsches getan.

»Winzling geht es gut«, unterbricht uns die ältere Katze. »Ich nehme sie jetzt mit nach Hause.«

Winzling heißt die kleine Katze also. Sehr passend.

Sie lächelt mich schüchtern an, bevor sie mit der anderen Katze fortgeht. Einige der anderen folgen ihnen, aber etliche bleiben auch hier bei Ryker und mir. Ich wünschte, sie würden gehen. Ich brauche keine Zuschauer.

Ich deute mit dem Kopf Richtung Wagen. »Sind die anderen da drin?«

»Nur Lennox und einige der Menschen. Die Zwillinge sind wieder gegangen, weil du nicht da warst, und Griffon hat gesagt, er hätte etwas zu erledigen.«

Seine Worte klingen scharf. Er nimmt mir übel, dass ich weggelaufen und nicht bei ihnen geblieben bin. Wie soll ich ihm erklären, dass ich zu große Nähe zu all den

Leuten nicht ertragen kann? Ich bin eine Katze und somit nicht für Beziehungen gemacht. Ryker sollte das am besten wissen, aber bei ihm scheint die menschliche Seite stärker zu sein als bei mir, obwohl er als Katze aufgewachsen ist. Ironie des Schicksals.

Ich seufze. »Wenn du mir etwas zu sagen hast, dann tu's. Aber unter vier Augen«. Ich werfe einen bösen Blick auf die anderen Katzen um uns herum. Einige von ihnen kenne ich zwar, aber ich will nicht, dass sie diesem Gespräch zuhören.

»Nein, ich habe nichts dazu zu sagen. Aber wir sollten mehr über diese Wölfe herausfinden. Wenn es eine neue Art von Raubtieren in unserer Nähe gibt, muss ich darüber Bescheid wissen.« Er wendet sich an einen der Kater; er ist groß und scheckig, ein Ohr fehlt ihm.

»Greg, sag allen, sie sollen in der Stadt bleiben. Keiner darf in der Umgebung herumlaufen, bevor wir nicht mehr wissen.«

Der Gefleckte senkt bejahend den Kopf und läuft fort. Die anderen Katzen folgen ihm, und wir sind endlich allein.

»Ryker, ich ...«

»Vielleicht sollten wir Lennox mitnehmen«, unterbricht er mich. »Am besten du wandelst dich und sagst ihm, was passiert ist. Und dann mach dich sauber. Wir können deiner Spur folgen, du musst nicht mitkommen.«

Seine Worte verletzen mich mehr als die Zähne des Wolfs vorhin. Die *normale* Kat würde sich auflehnen, kämpfen, sich streiten, aber ich bin momentan nicht ich selbst. So belasse ich es bei einem leichten Knurren und gehe dann zum Wagen. Getrocknetes Blut verklumpt mein Fell, ich kann kaum erwarten, es loszuwerden. Nicht, weil es mich schmutzig macht. Sondern weil ich es auflecken will.

VIER

Durch den Wandlungsprozess ist das meiste Blut schon verschwunden, aber ich dusche mich trotzdem. Das winzige Badezimmer im Wagen erinnert mich wieder schmerzhaft an den Verlust der großen Dusche und Badewanne in unserem alten Zuhause. Hier stoße ich mich beim Umdrehen unweigerlich an den Wänden. Das Wasser ist auch nicht gerade heiß. Wir müssen dringend ein neues Haus finden. Mir wird jetzt erst klar, wie verwöhnt ich durch den Besitz eines Hauses geworden bin. Früher bei der Meute schlief ich in einem Mehrbettzimmer und habe mir mit vielen anderen den Waschraum geteilt. Dieser Wagen ist immer noch hundertmal besser als das. Trotzdem ... wenn wir meine Schwestern gefunden haben, werde ich uns etwas Neues beschaffen. Zum Glück haben wir noch unsere Bankkonten, und unser kleiner Safe hat das Feuer auch überlebt; er enthält ausreichend Bargeld für die nächste Zeit.

Ich stelle die Dusche ab, obwohl ich mich noch nicht richtig sauber fühle. Und bin mir bewusst, dass mir mein Hirn da einen Streich spielt. Mein Körper ist sauber, kein bisschen Blut mehr zu sehen. Der Rest ist Kopfsache.

Mein Magen knurrt. Also sollte ich den Kühlschrank inspizieren.

Nichts. Gut, zwei Eier und ein traurig welker Kohlkopf, aber mir ist nach Fleisch. Oder Katzenminze, beides würde funktionieren.

»Da ist nichts weiter drin, ich hab schon nachgesehen.«

Benjamin kommt in die Küche gestolpert und hat einen Schal um den Hals gebunden. Er ist außergewöhnlich blass.

»Ist mit dir alles in Ordnung?«

Er schüttelt den Kopf. »Ich glaube, ich bin erkältet. Beth ist zur Apotheke gegangen, um ein paar Medikamente zu besorgen. Wir haben festgestellt, dass sie jede Menge Gifte hat, aber nichts, mit dem man Krankheiten heilen kann.« Er rollt die Augen. »Ich nehme an, dir ist nicht nach einem Einkaufstripp zumute?«

»Ich bin die Chefin von M.I.A.U. Ich gehe nicht selbst einkaufen. Ich lasse mir die Sachen bringen«, sage ich überheblich.

Benjamin lacht schwach. »Dann solltest du einen Imbiss finden, der an einen Wagen ohne feste Adresse liefert.«

Ich strecke ihm die Zunge raus. Ja, tolle Reaktion, ich weiß. Ist mir aber egal. Heute bin ich noch ungeselliger als sonst schon und werde nicht so tun, als hätte ich gerne Leute um mich.

Zu allem Überfluss hat er Recht. Die einzige Art, an etwas Essbares zu kommen, ist, den Wagen zu verlassen; und in seinem Zustand kann ich unmöglich Benjamin dazu auffordern. Das wäre die reinste Quälerei – vor der ich unter anderen Umständen nicht zurückschrecke, aber sehr wohl bei meinen Angestellten. Man darf da ja kein schlechtes Beispiel geben.

Grummelnd verlasse ich den Wagen und mache mich in Richtung Stadt auf den Weg. Das Wetter ist fantastisch, und die Straßen sind voller Menschen. Haben die nichts Besseres zu tun, als mir im Weg rumzustehen und mich anzurempeln? Ich bin so ungeduldig, dass ich nicht zu meinem Lieblingsfleischer gehe, sondern in die erste beste Metzgerei am Wege. Großartiges, saftiges Fleisch erwartet mich dort. Schon der Anblick lässt mir das Wasser im Mund zusammenlaufen und fast aus ihm heraustriefen. Ohne diesen nervigen Metzger, der mich dort anschaut, würde ich einfach über die Theke steigen und mich auf einem Bett aus Steaks niederlegen.

»Was kann ich für Sie tun?«, fragt er mit freundlichem Lächeln.

Das Lächeln wird etwas schwächer, als ich ihm alles aufzähle.

»Da steigt wohl 'ne Party?« meint er mit schwacher

Stimme, als ich meine Bestellung mit zwei Pfund Blutwurst beende. Die mit wenig Stücken drin.

»Hungrige Gäste«, gebe ich zurück und zeige ihm grinsend meine Zähne.

Er reißt die Augen auf und packt schnell alles für mich zusammen. Als er fertig ist, wird mir klar, dass ich nicht alles alleine tragen kann. Dafür müsste ich eine Handkarre haben. Mein Grinsen wird breiter – ich habe eine Idee. Keine Karre, da gibt's etwas Besseres...

Ich zahle und nehme so viele Tüten mit, wie ich kann, und sage dem Metzger, ich würde die anderen gleich abholen. In einer Gasse hinter dem Laden setze ich alles ab und pfeife auf zwei Fingern in einer Tonlage, die für menschliche Ohren zu hoch und damit nicht hörbar ist.

Miau.

Eine rotbraune Katze, die ein so flauschiges Fell hat, dass es sie beinahe übergewichtig aussehen lässt, springt von einer Mülltonne am Ende der Straße und kommt auf mich zu stolziert.

»Pan«, begrüße ich sie. »Hab dich lange nicht gesehen.«

Sie senkt den Kopf und reibt sich an meinen Beinen. Sie genießt Rykers vollstes Vertrauen, was hilfreich ist in Anbetracht dessen, was ich vorhabe. Ich warte, bis circa ein Dutzend Katzen gekommen sind, einschließlich Stormy, James und Nyx und gehe dann vor ihnen in die Hocke, um in etwa Augenhöhe herzustellen.

»Ich habe einige Tüten mit Fleisch eingekauft, die

zu unserem Wagen geschafft werden müssten. Ihr wisst doch, wo der ist?«

Pan nickt, ihre Augen funkeln.

»Gut. Nehmt jeder eine Tüte. Wenn am Schluss etwas fehlt, werde ich grantig.« Ich blicke sie warnend an und sehe mit Befriedigung, dass die jüngste Katze einen Schritt zurückweicht. Sie haben also doch noch Respekt vor mir. »Ihr bekommt euren Anteil, wenn ich da bin, aber ich warne euch, vorher auch nur ein Bissen wegzunehmen –der würde euch schlecht bekommen. Verstanden?«

Sobald ich allgemeine Zustimmung spüre, händige ich die Fleischtüten aus. Es klappt prima, am Schluss habe ich nur eine übrig, die mir Pan auch noch abnimmt. Sie ist groß genug, zwei zu tragen.

Sie laufen los, ein paar von ihnen recht langsam, weil ihr Päckchen so schwer ist; aber sie werden das schon schaffen. Katzen können (fast) alles, wenn als Lohn der Anstrengung Essen winkt. Ich kichere bei dem Gedanken daran, dass in diesem Augenblick Gleiches auf mich zutrifft. Katzen als Lasttiere verwenden. Tolle Idee. Ich werde meine Einkäufe nie wieder selbst tragen müssen. Und diese Methode ist dazu noch erheblich billiger, als einen Lieferservice zu beauftragen.

Ich kehre zum Metzger zurück und hole das übrige Fleisch ab. Er sieht mich merkwürdig an, aber ich ignoriere ihn. Nächstes Mal gehe ich wieder zu meinem Lieblingsgeschäft, einem Bio-Metzger, der seine Ware sozusagen frisch von der Weide bekommt. Bevor ich mich auf den Heimweg mache, gehe ich noch einmal in die Gasse und öffne eine der Tüten. Lammkeulen. Perfekt. Ich schlinge sie hinunter und stöhne vor befriedigtem Verlangen, während meine Geschmacksknospen geradezu explodieren. Ich muss mich selbst ermahnen, auch ein wenig zu kauen, denn das Raubtier in mir will eigentlich nur reißen und schlucken. Dennoch - ich habe momentan menschliche Gestalt und darf meinem Magen nicht zu viel zumuten.

Das Fleisch ist frisch und blutig. Ich ramme meine Zähne hinein und sauge den Saft auf. Ist nicht so gut wie das Wolfsblut vorhin, aber immer noch besser als alles andere. Es kommt mir nicht in den Sinn, dass dies kein normales Verhalten ist, nicht einmal für einen Wandler. Meine Gedanken kreisen nur noch um Fleisch, Blut, den Geruch von toter Beute.

Als ich fertig bin, sind Gesicht und Hände blutverschmiert. Ich säubere mich, soweit das möglich ist und trete den Heimweg an. Es macht mir nichts mehr aus, dass ich von Menschen umgeben bin. Im Gegenteil, es fühlt sich an, als befände ich mich mitten in einem Supermarkt voller appetitlicher, blutgefüllter Beute. Ich müsste nur zupacken, jemandem die Kehle durchbeißen und ...

Ich bleibe abrupt stehen. Von hinten rempelt mich jemand an, der das nicht vorhersehen konnte und schimpft. Aber ich bleibe wie angewurzelt stehen. Habe ich tatsächlich gerade an das Töten von *Menschen* gedacht? Nicht als Ergebnis eines Mordauftrags, sondern um sie zu *essen*? Ein Schauer läuft mir über den Rücken. Mit mir stimmt etwas ganz und gar nicht.

Diesen Drang habe ich zuvor noch nie verspürt, auch nicht in Panthergestalt. Menschen und Katzen sind tabu, gehören nicht auf den Speiseplan.

Ich nehme meine Tüten und beginne zu rennen, weg von den verführerischen Gerüchen und den Geräuschen der Menge. Ich muss mich in Sicherheit bringen, bevor ich jemanden umbringe.

Ryker und Lennox sind noch nicht zurückgekehrt, aber Griffon ist da und sitzt mit geschlossenen Augen und ausgestreckten Beinen vor dem Wagen. Er genießt die Sonne. Ich wünschte, ich könnte das auch tun. Ich eile hinein und stelle die Fleischtüten ab. Einige der Katzen sind schon in der Küche, unter Benjamins wachsamem Auge.

»Ich nehme an, das hast du dir ausgedacht?«, fragt er, während er Öl in eine Bratpfanne gießt.

»Schien mir die beste Art, das ganze Essen nach Hause zu transportieren.« Ich zucke mit den Schultern und zwinge mich, äußerlich ruhig zu wirken, auch wenn ich am liebsten buchstäblich aus meiner Haut fahren würde.

»Was hast du ihnen als Gegenleistung versprochen?«

»Einen Anteil am Fleisch, habe das nicht genau festgelegt.«

Er wirft zwei Steaks in die Pfanne. Das zischende Geräusch verführt mich fast dazu, sie rauszunehmen und roh zu essen. Fleisch ist doch nicht dazu da, gekocht zu werden, oder? Mir tut der Kopf weh. Ich brauche jemanden, der mir sagen kann, was mit mir los ist.

»Ich habe Pan zur Belohnung schon Fleisch gegeben«, sagt Benjamin, der offensichtlich nicht erkennt, was sich in meinem Innern abspielt. »Sie sind weggelaufen, scheint also genug gewesen zu sein. Ryker wird dankbar sein, ich glaube, es ist ihm langsam schwergefallen, für seine Katzen ausreichend Futter zu besorgen, wo seine Familie zahlenmäßig so gewachsen ist.«

Das war mir nicht bewusst. Hätte es aber sein müssen. Ryker ist mein Freund. Mehr als ein Freund. Da sollte ich doch wissen, wenn er ein Problem hat und ihm helfen. Verdammt nochmal. Ich fühle mich noch schlechter als zu Beginn.

Eigentlich wollte ich zu Griffon hinausgehen und mit ihm reden, aber ich kann mich nicht mehr beherrschen. Ich befürchte, bei dem Versuch ihm zu erklären wie ich mich fühle, jede Selbstkontrolle zu verlieren. Ich renne ins Schlafzimmer, schließe hinter mir die Tür und werfe mich auf die Matratze, das Gesicht in den Händen vergraben. Ich habe mich selten so schwach gefühlt; ich habe Angst.

Ich rolle mich zusammen und presse das Gesicht in die Laken. Das Bett riecht nach den Männern. Nach Ryker, den ich enttäuscht habe. Nach Lennox, dessen Wolf ich keine Gefährtin sein wollte. Nach Griffon, der...

Die Tür wird aufgerissen, und er kommt herein. Ich

hebe den Kopf und versuche noch, die Tränen zurückzuhalten, aber dann öffnen sich die Schleusen, und es gibt kein Zurück. Er ist sofort an meiner Seite und nimmt mich in die Arme. Ich wehre ihn ab; ich habe es nicht verdient, getröstet zu werden, aber er hält mich fest und drückt mich an seine Brust. Wenn ich wirklich wollte, könnte ich mich aus seiner Umarmung lösen, aber die schwache, heulende Kat, die momentan die Oberhand hat, sehnt sich nach Nähe. Ich lasse es zu, dass er mein Haar streichelt und hasse mich gleichzeitig dafür, meine Verletzlichkeit so offen einzugestehen. Tränen strömen weiter aus meinen Augen, ich kann sie nicht stoppen. Schon wieder etwas, das ich nicht beherrschen kann. Und dieser Gedanke verschlimmert das Leiden nur. Ich habe die Kontrolle über mein Leben verloren, über alles, und das macht mich so verdammt schwach.

»Sprich mit mir, Kat«, murmelt Griffon. »Ich kann dir nicht helfen, wenn ich nicht weiß, was los ist.«

Ich kann nicht. Ich weiß doch selbst nicht, was eigentlich mit mir los ist. Ich bin nicht mehr ich selbst, aber wie soll ich das erklären? Ich bin dabei, mich zu verlieren, ich verschwinde, aber weil ich nicht weiß, woher das kommt, kann ich nicht dagegen ankämpfen.

»Kat, sag es mir«, versucht er es erneut. »Bitte.«

Das letzte Wort bricht mir fast das Herz. Er klingt richtig verzweifelt. Genauso, wie ich mich fühle.

Aber es ist mir nicht möglich, mich ihm zu öffnen. Wenn er erfährt, dass ich diesen ständigen Blutdurst habe und jetzt sogar gierig auf Menschenfleisch bin, wird er sich sicher angewidert von mir abwenden. Er wird mich verlassen und die anderen mitnehmen. Ich staune über meine Gedanken. Seit wann bin ich so emotional? Es sollte mir nichts ausmachen, wenn er mich verlässt. Ich bin eine Katze, ich bin mir selbst die beste Gesellschaft. Ich brauche keine Leute um mich herum. Ich brauche keine Freunde. Ich kann wieder so leben wie vorher, ich gegen den Rest der Welt.

»Tut mir leid, dass ich das tun muss«, flüstert er, und bevor ich es mich versehe, beginnt er zu singen. Seine Sirenentöne erfüllen den Raum, kriechen über meine Haut, berühren meine Gedanken. Die Musik ist wunderbar, nicht von dieser Welt. Sie umarmt mich, tröstet mich und wärmt mich von innen heraus. Ich lasse sie in mich hinein und sehne mich nach ihrer Berührung.

Sie bedeutet mir, nicht gegen sie anzukämpfen, und ich gebe nach. Die Melodie arbeitet sich durch alle Bruchlinien in meiner inneren Festung vor bis in meine Seele. Ich schließe die Augen und lasse mich treiben, spüre noch wage Griffons Umarmung, seine Wärme.

Sein Lied wird immer intensiver, je mehr es von mir erfasst. Es flüstert mir zu, aber ich kann die Worte nicht verstehen, nicht einmal die dahinter stehenden Absichten erkennen. Aber ich fühle mich nicht bedroht. Im Gegenteil, ich weiß mich in Sicherheit. Zum ersten Mal seit sehr langer Zeit. Niemand kann mir etwas tun, solange mich Griffon in seinen Armen hält. Er schützt mich vor allen Anfeindungen der äußeren Welt. Ich muss nicht mehr stark sein. Ich kann den Schmerz loslassen. Ihn teilen. Ihn in Stücke brechen und die Leute daran Anteil nehmen lassen, die etwas für mich empfinden.

Langsam ändert sich das Lied. Die Worte sind zu verstehen. Es ist eine Botschaft, und diesmal höre ich sie an.

»Ich bin gebrochen«, sage ich der Musik. »Etwas stimmt nicht mit mir. Seit ich bei der Meute in Gefangenschaft war, habe ich merkwürdige Gelüste. Neue Gefühle. Ich glaube, ich verändere mich.«

Die Worte purzeln über meine Lippen. Ich spreche über alles; den Blutdurst, den Drang, alleine zu sein und andere zurückzuweisen. Die neuen Kräfte. Und dass ich Appetit auf Menschenfleisch habe.

Ich halte nichts zurück, lasse alles aus mir heraus. Dies ist ein sicherer Raum. Die Musik wird mich nicht verurteilen. Immer wenn ich etwas sage, lobt das Lied mich, streichelt mich, dämpft den Schmerz. Darüber zu reden, ist gar nicht so schlimm, wie ich dachte. Ich fühle mich tatsächlich besser. Das dunkle Loch in meiner Brust beginnt sich zu schließen.

»Danke«, sagt das Lied. »Wir werden uns etwas einfallen lassen. Ich verspreche es dir. Wir sorgen dafür, dass es dir besser geht.«

Nein, das ist nicht mehr die Musik. Es ist Griffons Stimme, noch umgeben von dem Lied. Ich weiß nicht, wie er das macht, sprechen und singen gleichzeitig, aber das ist ja auch egal.

Ich kuschele mich an ihn und bin froh, dass er mich nicht verurteilt. Er hat versprochen, mich gesund zu machen. Ich weiß nicht, ob ich ihm das glauben kann; das ist mir im Moment aber gleichgültig. Wer weiß, vielleicht kann er es wirklich. Seine Musik hat mir einmal mehr gezeigt, welche Macht er hat.

Das Lied wird immer leiser, bis es nur noch in der Luft um uns herum schwebt und ein Echo in meinen Ohren erzeugt, nicht mehr in meinem Innersten. Jetzt hält mich nicht mehr die Musik, sondern Griffons muskulöser Körper.

»Danke«, flüstert er und drückt einen leichten Kuss auf meine Stirn. »Es tut mir so leid, dass du damit alleine fertigwerden musstest.«

»Mir tut es auch leid.«

Ich öffne die Augen und richte mich auf, erstaunt, eine andere Stimme zu hören.

Ryker und Lennox stehen in der Tür und schauen mich mit einem Gesichtsausdruck an, den ich nicht lesen kann.

Das warme Gefühl in meinem Innern schwindet. Jetzt wissen sie es.

Mist.

FÜNF

»R enn jetzt nicht weg.« Ryker nähert sich langsam der Matratze und schaut mir dabei die ganze Zeit in die Augen. »Wir müssen darüber reden.«

Griffon hält mich noch enger an sich gedrückt. »Er hat recht«, murmelt er mir ins Ohr, während seine Hände meinen Rücken streicheln. »Lass uns sehen, ob es einen Weg gibt, dir zu helfen. Für uns alle zusammen.«

Ich stöhne. Jetzt stehe ich im Mittelpunkt, aber nicht auf eine Art, die mir gefällt.

Ryker sitzt auf dem Bett, und Lennox gesellt sich auf der anderen Seite dazu, legt sich neben mich, so dass sich unsere Körper berühren. Ryker streckt den Arm aus und nimmt meine Hand. Ich lasse es zu. Alle Drei berühren mich, und das fühlt sich gut an. Es hat nichts mit Sex zu tun. Das ist nur Nähe, die das Band zwischen uns festigt. Eine Verbindung, die ich unter keinen Umständen eingehen wollte.

Ich sollte mich eigentlich hinsetzen und mit ihnen wie eine Erwachsene reden, aber stattdessen schließe ich die Augen und lehne mich noch mehr in Griffons Umarmung. Die Mauern um mein Inneres stehen noch nicht wieder. Im Moment bin ich wehrlos, und das müssen sie begreifen. Wenn sie nicht aufpassen, werden sie mich zerbrechen. *Sei achtsam mit meiner kleinen Seele.* Jetzt weiß ich, wie dieses alte Volkslied zu verstehen ist.

»Wir haben den Anfang nicht mitbekommen, aber deine Lage lässt sich wohl so zusammenfassen: Du verwilderst zunehmend«, sagt Ryker, nachdem er sich geräuspert hat. Er möchte offensichtlich seine Stimme ruhig und besänftigend klingen lassen. Beinahe kann ich ihn schnurren hören. »Es ist, als ob immer mehr von deinem inneren Panther in dein menschliches Wesen einsickert. Und gleichzeitig wird dieser Panther auch noch stärker, wenn du dich wandelst. All dies muss mit dem zu tun haben, was in dem Labor geschehen ist.«

»Lass uns das noch einmal genau durchgehen.« Lennox streichelt sanft meinen Schenkel. Wieder bin ich überzeugt davon, dass dies nicht als Anmache zu verstehen ist, obwohl er mich an einer Stelle berührt, die sonst Intimitäten vorbehalten ist. »Wir wissen, dass sie dich haben hungern lassen. Dass sie dich gequält haben. Es tut mir leid, diese Erinnerungen wachrufen zu müssen, aber wir brauche jede Einzelheit.«

Ich seufze. Wie gerne hätte ich gerade diese Details

verdrängt. »Es war nicht im wirklichen Sinne Folter. Nur gelegentlich einige Stöße mit dieser elektrisch geladenen Stange.«

Griffon lacht in sich hinein. »Das würde ich durchaus als Folter bezeichnen.«

»Nein, da kenne ich ganz andere Dinge.«

»Das bezweifle ich nicht. Was geschah an dem Tag, an dem dir die Flucht gelang?«

Ich versetze mich in Gedanken an diesen Punkt zurück. Ryker hält immer noch meine Hand, er ist mein Anker, meine Verbindung zur Gegenwart. Und weil ich diesmal nicht alleine bin, wirkt alles nicht so schlimm.

»Sie führten mich in das Labor. Ich wurde auf dem Stuhl festgebunden. Ich war unfähig, mich zu bewegen, weil man mir vorher diese Stromstöße gegeben hatte. Der Siron kam herein. Er sagte, ich sei schon früher an diesem Ort gewesen, aber ich konnte mich nicht erinnern. Dann zeigte er mir Fotografien. Zunächst von Doktor Fitzroy, dann von zwei jungen Männern und schließlich vom Original, der Frau, deren Klon ich bin. Und dann ein Foto vom Geheimnisvollen Unbekannten«. Ich schlucke schwer. »Professor Lakefield. An dieser Stelle sagte er mir die Wahrheit über ihn. Ich war am Boden zerstört. Aber dann wurde in mir ein Schalter umgelegt, und ich fühlte mich stark.«

»Ein Schalter?«, fragt Griffon. »Kannst du das näher erklären?«

Ich lache. »Ich wünschte, ich könnte das. Es war, als bräche ich durch eine Mauer, die immer dagewesen war, und hinter der eine Kraftquelle lag. Ich hatte schon vorher von der Kraft gezehrt, die durch diese Mauer durchgesickert war, aber jetzt war ich an der Quelle selbst angelangt. Das verhalf mir dazu, meine Fesseln zu zerreißen und den Siron zu töten.«

»Glaubst du, dass dies deine Pantherenergie ist?«, fragt Lennox. »Ich empfinde das selbst manchmal ähnlich. Wenn ich meine menschliche Gestalt habe, bin ich von meinem Wolf zwar getrennt, habe aber immer noch Zugang zu einem Bruchteil seiner Kraft. Wenn ich mich wandle, verkehrt sich das ins Gegenteil, ich bin ganz Wolf und habe nur eingeschränkten Zugang zu meinen menschlichen Fähigkeiten.«

Ich schüttele den Kopf. »Nein, es geht darüber hinaus. Es ist nicht nur die Raubkatze, sondern *mehr*. Ein Vielfaches ihrer Kraft, aber auch ihrer Instinkte und Bedürfnisse.«

»Weshalb du dich insgesamt wilder fühlst«, sagt er bedächtig. »Und weshalb du Fleisch brauchst. Ich bezweifle, dass es menschliches Fleisch sein muss. Wenn wir dir eine Kuh präsentierten, würdest du sie wahrscheinlich auch essen wollen.«

Speichel fließt in meinem Mund zusammen nur bei dem Gedanken an frisches Fleisch von dieser Kuh. Blutig, saftig, noch warm. Wie dieser warme Saft durch meine Kehle rinnt...

»Du hast recht«, antworte ich, nachdem es mir gelungen ist, dieses Bild aus meinen Gedanken zu verbannen. »Mein Verlangen nach Kühen ist ähnlich. Hast du eine zur Hand?«

Zum Glück gehen sie auf diese Frage nicht

weiter ein.

Griffon fährt mit seiner Hand durch mein Haar. Normalerweise mag ich es nicht, wenn jemand das tut. Aber heute – ein Schnurren rumpelt aus meiner Brust.

Er gluckst erfreut. »Ich finde es toll, wenn du das tust.«

Ich ramme ihm meinen Ellbogen in die Brust, und er sagt nichts mehr.

»Unsere Katze hat ihre Krallen wiederentdeckt«, sagt Lennox mit sanftem Lachen. »Aber zurück zu unserem Problem. Wir müssen herausfinden, was genau in dem Labor geschehen ist.«

»Das habe ich euch doch gerade gesagt.«

»Nein, ich meine in der Vergangenheit. Sie haben dich als Kind dorthin gebracht und etwas mit dir angestellt. Wir haben Berichte über Medikamentenversuche an Wandlern gefunden, die damit in Zusammenhang stehen könnten. Es können aber auch Experimente gewesen sein, von denen wir noch keine Ahnung haben. Wie auch immer, ich bin überzeugt davon, dass dies die Ursache für deine derzeitigen Probleme ist. Der Umstand, dass du erneut in dem Labor warst und dort bedroht wurdest, hat etwas in dir ausgelöst.«

»Vielleicht können die Zwillinge uns weiterhelfen«, schlägt Griffon vor. »Wir sollten ein Schwesterntreffen vereinbaren. Mit dir, den Zwillingen und Klein-Kat. Wenn ihr eure Erinnerungen miteinander vergleicht, könnt ihr gegenseitig die Lücken auffüllen.«

Ich seufze. »Ich muss sowieso mit ihnen sprechen. Wir müssen die übrigen von uns finden. Sie erwähnten

K2 und K7 und zwei, die tot sind.« Irgendwie sträubt sich alles in mir dagegen, sie K3 und K6 zu nennen. Ich will mich nicht auf diese Ebene begeben – sie verdienen es, beim Namen genannt zu werden. Ich werde herausfinden, ob sie einen hatten. »Es gibt noch weitere da draußen. Wie, wenn sie ähnliche Probleme haben wie ich, aber niemanden, der sie unterstützt wie ihr mich?«

Ich öffne endlich die Augen und richte mich auf, sehe meine drei Männern an. »Ich gebe es nicht gern zu, aber ohne euch würde ich das alles nicht überstehen.«

Ryker drückt meine Hand. »Danke, dass du das ausgesprochen hast. Ich weiß, wie schwer es dir fällt zuzugeben, dass du nicht alles alleine regeln kannst.«

Ein Anflug von Ärger macht sich in mir bemerkbar, aber er hat Recht. Ich bin es gewöhnt, alle Probleme selbst zu lösen. Ich habe zwar ein Team, aber sie unterstützen mich nur bei Dingen, die ich auch selbst erledigen könnte, wenn ich die Zeit hätte. Manchmal will ich sie nur nicht dafür einsetzen. Gut, Bethany kennt sich mit Giften besser aus als ich, und ich beherrsche nicht Lilys Verführungskünste, aber ...zugegeben, ich brauche mein Team. Was ich ihnen nicht sagen werde. Es könnte sie auf die Idee bringen, eine Gehaltserhöhung zu verlangen.

»Es gibt noch einen Punkt, den wir besprechen müssen«, sagt Ryker zögernd. »Gestern bist du fortgelaufen. Warum?«

Eine unsichtbare Faust legt sich um mein Herz. Das andere, den Hunger und Blutdurst, kann ich vielleicht noch erklären und auf die Experimente schieben, die die

Meute an mir durchgeführt hat. Aber ich weiß nicht, ob die Tatsache, dass ich die Männer von mir weggeschoben habe, Teil davon ist oder einfach einer meiner Charakterzüge.

»Ich bin nicht gut darin...«, ich seufze, suche nach Worten. » ... Leute näher an mich heranzulassen. Das ist bei einer Person schon schwierig; ihr seid aber zu dritt und habt alle Erwartungen an mich. Ich weiß nicht, ob ich die erfüllen kann.«

»Wir erwarten nicht, dass du mit uns schläfst«, sagt Griffon, aber ich unterbreche ihn.

»Das ist für mich kein Problem. Sex zu haben ist nicht schwierig. Ich hätte kein Problem damit, euch alle zu vögeln – alleine, zu zweit, zu dritt. Gut, letzteres haben wir noch nicht ausprobiert, könnte aber Spaß machen. Nein, problematisch sind die Dinge, die damit verbunden sind. Ihr seid keine Zufallsbekanntschaften, mit denen ich eine Nacht verbringe, und nur die eine Nacht. Ihr verdient mehr, etwas, das tiefer geht. Und ich habe Angst, alles zu vermasseln.«

Ich kann ihnen nicht in die Augen sehen. Es muss die Nachwirkung von Griffons Lied sein, dass ich so offen über diese Dinge rede. Ich kann kaum glauben, dass ich dies alles gesagt habe. Echt peinlich.

»Das geht uns jetzt alle an.« Lennox legt die Hände auf meine Schultern, wohl um seinen Worten mehr Gewicht zu verleihen. »Ich weiß nicht, wie es den anderen geht, aber ich hatte noch nie eine ernsthafte Beziehung. Genau wie du hatte ich Zufallsbekanntschaften zur Befriedigung meiner Bedürfnisse ...«

»Die dich am Sack gekrault haben, meinst du wohl«, unterbricht Ryker lachend.

»Ach, halt die Klappe. Mir fällt das auch nicht leicht. Ich weiß nicht, wie das alles weitergehen soll und ich hatte keine Absicht, dich mit anderen zu teilen. Aber das ist in Ordnung. Ich will dich nicht verlieren, und wenn das bedeutet, dass ich dich mit anderen teilen muss, dann soll es so sein. Wir können so schnell oder langsam den nächsten Schritt tun, wie du willst. Wenn du mehr Zeit brauchst, ist das in Ordnung. Du musst es uns nur sagen. Wenn du nicht gemeinsam in einem Bett mit uns schlafen willst, werden wir eine Alternative finden.«

»Stimmt, was er sagt«, murmelt Griffon. »Du sollst dich in unserer Gegenwart nicht unwohl fühlen.«

Mir jucken wieder die Augen. Diese verdammten Gefühle. Ich will nicht so emotional reagieren, aber das ist bestimmt noch die Nachwirkung des Sirenengesangs. Eigentlich müsste ich ihm deshalb böse sein, bin es aber nicht. Es fühlt sich merkwürdig gut an, mein Innerstes nach außen gekehrt zu haben. Ich dachte, es wäre peinlich, über die Veränderungen zu sprechen, die ich an mir beobachte. Jetzt schäme ich mich eher dafür, nicht früher mit ihnen darüber gesprochen zu haben.

»Kat«. Lennox windet seine Finger um meine und reibt sanft meine Knöchel. »Du weißt, dass mein Wolf dich als Gefährtin wünscht. Ich bin an dich gebunden und würde das für nichts auf der Welt ändern wollen.«

Ich niese. »'Tschuldigung. Bin wohl allergisch auf Gefühlsduselei.«

Sechs

Die Zwillinge erscheinen just in dem Moment, wo das Essen fertig ist. Ich bin mir sicher, sie haben es genauso geplant. Bethany hat für uns gekocht, eine Garantie dafür, dass es schmecken wird. Sie kennt sich mit Kräutern gut aus, ein Nebeneffekt ihrer Kenntnisse als Giftmischerin. Ich hätte mein Steak zwar gerne noch ein wenig blutiger gehabt, aber ich lasse mir nichts anmerken. So sehr ich meine Menschen im Team mag, der intime Austausch mit den Männern hat fürs erste gereicht. Ich werde nicht auch noch Lily, Beth und Benjamin mit meinen Problemen belasten. Sie können bei der Suche nach meinen Schwestern helfen und dem Kampf gegen die Meute – oder was von ihr übrig ist -, aber das ist alles. Meine persönlichen Schwierigkeiten werde ich alleine in den Griff bekommen.

»Ich kann jetzt verstehen, warum du sie gern um

dich hast«, sagt Ivy laut schmatzend. Die Tischmanieren der Beiden lassen einiges zu wünschen übrig, ähnlich wie meine. Griffon scheint etwas pikiert, als er uns das Besteck so stümperhaft handhaben sieht, aber er ist der einzige in der Gruppe, der eine vornehmere Erziehung genossen hat. Lennox ist in der Meute aufgewachsen, Benjamin auf der Straße. Von Bethany weiß ich nichts in der Hinsicht; Lilys Familie hatte mit Manieren nicht viel am Hut und Ryker hat noch nicht lange überhaupt eine menschliche Gestalt. Kurzum, in dieser Runde wird viel mit den Fingern gegessen, abgenagt, geschmatzt und mit den Messern sehr geräuschvoll hantiert.

»Wir haben lange nicht mehr an einem Tisch gegessen«, gibt Vier zu. »Das ist wirklich schön.«

Ich hätte so viele Fragen – wie sie aufgewachsen sind und was sie alles erlebt haben, aber jetzt ist nicht der richtige Zeitpunkt. Die besagten inneren Mauern sind noch nicht wieder intakt. Ich würde mit ziemlicher Sicherheit losheulen, wenn ich ihre Lebensgeschichte jetzt hörte.

Als wir fertig sind, gibt uns Bethany den Nachtisch. Warmen Schokoladenpudding mit Sahne. Sämtliche der vier anwesenden Katzenwesen stöhnen entzückt auf, als die Sahne herumgereicht wird.

Beth lacht. »Ich hatte gehofft, ihr würdet auf die Sahne wie Kat reagieren. Dann hat es sich ja gelohnt, so viel davon zu kaufen.«

»Hast du auch Katzenminze bekommen?«, frage

ich mit hoffnungsvollem Unterton. »Das wäre *die* Show.«

»Keine Katzenminze«, versetzt Lily mit strengem Blick. »Nicht noch mal so eine Szene wie beim letzten Mal. Ich lasse es nicht zu, dass du süchtig wirst.«

Ich zucke mit den Schultern. »Ich hab's im Griff.«

»Nein, hast du nicht. Oder soll ich die Geschichte mit dem Garn erzählen?«

Ich starre sie böse an. »Wage es nicht, oder du wirst gefeuert.«

»Als ob. Dazu magst du mich viel zu sehr.«

Ich seufze. »Ertappt. Aber gib mir noch mehr von der Sahne, sonst werde ich unleidlich.«

Sie grinst mich an, und eine Wärme macht sich in meinem Innern breit, die nichts mit Schokopudding zu tun hat. Genauso war es früher. Zusammen Spaß haben, sich keine trüben Gedanken machen. Wie schön, dass es diese Momente noch gibt, auch wenn sie seltener geworden sind. Sobald wir all unsere Probleme aus der Welt geschafft haben, werde ich uns in unserem neuen Haus einschließen, und dann spielen wir Brettspiele und machen nur solche ganz normalen Dinge. Und sezieren zur Auflockerung vielleicht ein bisschen im Leichenraum. Oh ja, unser neues Haus muss unbedingt einen Leichenraum haben, ein Labor und einen besseren Kühlraum als unser altes Hauptquartier. Der war dort der Schwachpunkt, fiel zu oft defekt und ließ unsere Leichen im Keller verfaulen.

Bald. Noch ein paar Wochen harte Arbeit, dann werde ich etwas für uns finden.

Nach dem Essen macht Lily den Abwasch, und Benjamin geht zurück ins Bett. Er sieht immer noch recht krank aus, sollte sich also besser von den anderen Menschen fernhalten. Sie stecken sich schneller an als wir anderen. Ja, Lily betrachte ich in dieser Hinsicht auch als Menschen. Trotz ihrem Status als halbe Succuba ist ihr Immunsystem eher schwach.

Ich wende mich an die Zwillinge. »Lasst uns mal die nächsten Aktionen planen. Ihr habt gesagt, es gäbe noch ein Labor der Meute, das nicht zerstört wurde?«

Vier nickt. »Ja, das wird von K2 bewacht.«

»Wie bitte?«

Sie tauschen einen Blick. »Letztes Mal sind wir nicht dazu gekommen, dir davon zu erzählen. Wir waren an dem Punkt, wo du uns erklärt hast, wofür M.I.A.U. steht. Was du uns übrigens noch immer nicht gesagt hast.«

»K2 steht völlig unter ihrer Kontrolle«, erklärt Ivy. »Sie ist genauso, wie sie uns alle gern haben wollten. Gefügig, hört auf alle Befehle und ist extrem stark. Und ein Psychopath. Manchmal glaube ich, sie haben ihr jede menschliche Regung abtrainiert.«

»Es muss eine Möglichkeit geben, sie da rauszuholen und zu heilen«, beginne ich, aber sie schütteln nur die Köpfe.

»Haben wir versucht«, sagt Vier seufzend. »Mehrmals. Einmal gelang es uns, in ihr Zimmer zu schleichen, um mit ihr zu reden. Sie hat uns sofort angegriffen, wollte kein bisschen zuhören. Sie schien auch nicht sonderlich überrascht, dass sie ein Klon ist. Sie müssen es ihr gesagt haben, nicht wie bei dir und uns. Und bei unserem dritten Versuch hat sie Ivy gefangengenommen. Ich habe es nur mit großer Mühe geschafft, sie da rauszuholen.«

Ivy verzieht das Gesicht. »Und es war kein Trick. Sie hat mir sehr wehgetan. Hab mich nur sehr langsam davon erholt. Aber während sie mich gequält hat, habe ich ihr in die Augen geschaut – die waren leer. Sie ist nicht wie wir. Sie hat keine Seele.«

Das bezweifle ich stark, sage aber nichts. Ich muss das selbst sehen. So schnell gebe ich keine meiner Schwestern auf. Auch wenn die Gehirnwäsche bei ihr so gut funktioniert hat, gibt es vielleicht doch einen Weg zurück. Griffons Sirenenkünste könnten dabei helfen, wer weiß.

Und wenn nicht... Ich glaube kaum, dass ich sie töten könnte.

»Hat sie einen Namen?«, frage ich die Zwillinge. »Also außer K2?«

Vier zuckt mit den Schultern. »Das bezweifle ich. Sie ist nicht unabhängig genug, um überhaupt einen zu wollen. Du wirst das verstehen, wenn du sie siehst. Sie wurde einer Gehirnwäsche unterzogen oder war schon immer so. Sie glaubt fest, dass die Meute geschützt werden muss und dass wir die Feinde sind. Sie würde nicht zögern, uns zu töten, wenn sie Gelegenheit dazu hätte.«

»Und sie bewacht das Labor? Immer?«, fragt Griffon.

»Sie war jedes Mal da, wenn wir versucht haben

hineinzukommen«, antwortet Ivy. »Also, wenn das nicht ein riesiger Zufall ist, dann ist ihre Aufgabe wohl tatsächlich, das Labor zu bewachen. Das ist der Ort, über den wir am wenigsten wissen. Sollten wir früher schon darin gewesen sein, dann gehört das zu den ausgelöschten Erinnerungen. Deshalb müssen wir dort hineinkommen und herausfinden, was sie da verstecken. Wir glauben, dass ein wichtiges Teil des Puzzles in diesem Labor versteckt ist.«

Ich registriere erneut, wie die Zwillinge von sich als »wir« sprechen. Und frage mich, wie es wäre, solch eine Schwester zu haben. Jemanden, der völlig identisch ist. Nein, das wünsche ich keinem. *Eine* Kat reicht auf dieser Welt. Eine zweite könnte auch zur Erzfeindin werden.

Und dann fällt mir wieder ein, dass es mindestens zehn von uns gibt. Nicht völlig identisch, wie ich durch die Bekanntschaft mit Klein-Kat und den Zwillingen festgestellt habe, aber doch ähnlicher als es normale Schwestern wären. Wir sind unterschiedlich aufgewachsen, aber unsere Gene sind die gleichen – es sei denn, die Meute hat auch dies manipuliert.

Hoffen wir, dass wir nicht tatsächlich Feinde werden.

∗ ∗ ∗ ∗ ∗ ∗

Killer arbeiten meistens im Schutz der Dunkelheit. Katzen auch. Wir haben beschlossen, nicht länger abzuwarten. Ryker hat einige seiner Katzen zusammengerufen, während wir anderen uns fertiggemacht haben. Ich habe seit langem mal wieder meine Leder-Killer-Kleidung an. Hatte ich vermisst. Das Leder fühlt sich wie eine zweite Haut an, ist aber dick genug, darin Waffen zu verstecken und schwächere Angriffe abzuwehren. Meine Stiefel geben mir in zweifacher Hinsicht Halt, körperlich und mental. Ich könnte mein Team küssen, weil es ihm gelungen ist, einen Teil meiner Kleidung aus dem brennenden Haus zu retten. Das Feuer wurde offenbar im Erdgeschoss gelegt, die Flammen brauchten also eine Weile, bis sie zum Dachboden vordrangen, wo ich mich häuslich eingerichtet hatte.

Griffon und Lennox sind ebenfalls schwarz gekleidet und somit Teil der Nacht. Der Mond versteckt sich hinter dicken Wolken, was uns die nötige Deckung verschafft. Das Team von M.I.A.U. habe ich zu Hause zurückgelassen. Normalerweise hätte ich Benjamin mitgenommen, weil er der beste Einbrecher von uns ist, aber es geht ihm noch zu schlecht. In seinem gegenwärtigen Zustand wäre er für uns eher eine Belastung.

Die Zwillinge haben sich über Lilys Kleiderschrank hergemacht (der noch erstaunlich gut bestückt ist, sogar nach dem Brand), nicht, weil sie unbedingt etwas Neues gebraucht hätten, sondern weil sie Langeweile hatten. Ivy trägt einen Rock, der für jemanden ihres Alters erheblich zu kurz ist, und Vier hat sich ein spitzenbesetztes Top ausgesucht, das eigentlich mit etwas mehr Oberweite gefüllt werden müsste, als sie bisher zu bieten hat. Sie sehen lächerlich aus, aber ich lasse sie gewähren. Solange Ivy in dem Röckchen rennen und kämpfen kann, ist mir das egal. Ich bin schließlich nicht ihre Mutter.

»Ihr könnt doch kämpfen, oder?«, frage ich sie aus heiterem Himmel.

Vier sieht mich an, als sei ich nicht ganz bei Trost. »Wie hätten wir denn sonst so lange überleben können?«

»Vier ist in der Meute großgeworden«, erklärt Ivy. »Nicht hier, sondern in einer Anlage auf dem Land. Und bevor du fragst, nein, die gibt es nicht mehr. Dafür haben wir gesorgt. Meine Pflegeeltern haben mir keine Kampfausbildung angedeihen lassen, aber Vier hat mir durch unsere Verbindung alles beigebracht.«

»Verbindung?«

»Ist ne lange Geschichte.« Vier wendet sich ab, als würde sie dieses Thema zu Tode langweilen. »Wir können die Gedanken des jeweils anderen hören.«

»Also eher *erspüren*, was in dem anderen vor sich geht«, ergänzt Ivy. »Ich weiß immer genau, was sie fühlt. Das könnten genauso gut meine eigenen Gefühle sein. Es hat Jahre gebraucht, bis wir sie auseinander halten konnten. Ich habe geweint, ohne zu wissen warum, bis ich mir darüber klar wurde, dass Vier traurig war. Ich glaube, wir wussten instinktiv immer, dass es die andere gab, sogar schon im Krabbelalter, aber wir sind uns erst - mit wie viel Jahren begegnet, neun?«

»Zehn«. Vier sieht uns nicht einmal an. »Und dann haben sie vor zwei Jahren versucht, uns wieder zu trennen. Das war ein großer Fehler.«

Wow. Mir wird ganz schwindelig von dem Gehörten. Eigentlich möchte ich sie in den Arm nehmen, was so wenig meine Art ist, dass ich zunächst einmal eine Denkpause einlege, bevor ich irgendetwas sage. Nur nicht sentimental werden. Vielleicht respektieren sie mich nicht mehr, wenn ich zu viel Gefühl zeige.

Eine Katze reibt sich an meinen Beinen. Es ist Stormy, schwarz wie die Nacht, aber ihre azurblauen Augen verraten sie. Ich beuge mich zu ihr hinunter und streichle ihr den Kopf. Sie schnurrt und läuft dann hinüber zu Ryker. Ich beneide ihn dafür, dass er selbst in seiner menschlichen Gestalt mit den Katzen reden kann. Ich kann nur ihre Absichten erkennen, und sie verstehen mich, aber wenn ich ein richtiges Gespräch mit einer Katze führen will, muss ich mich wandeln. Ryker hat diesen Vorteil wohl, weil er sein ganzes früheres Leben mit ihnen verbracht hat.

»Sie sind bereit«, berichtet er, und alle drehen sich zu ihm um. »Die Katzen haben das Gebäude schon umzingelt. Bis wir dort eintreffen, können sie uns einen genauen Bericht liefern.«

Ich richte mich zu voller Länge auf und lasse meine Fingerknöchel knacken. »Gut, dann wollen wir mal aufbrechen. Zielvorgabe: Antworten finden und ein Labor zerstören!«.

Sieben

Vier und Ivy fühlen sich auf Hausdächern offenbar genauso wohl wie ich. Sie sind leichter und etwas kleiner als ich, aber meine neu gewonnene Kraft macht mich schneller als alle anderen. Ich versuche, nicht zu viel davon einzusetzen. Ich will nicht wieder diesen Blutdurst herauskitzeln. Im Moment fühle ich mich normal, aber wer weiß, wie lange dieser Zustand anhält. Wobei es mir gleichgültig ist, ob ich in dem Labor alle Anwesenden umbringen werde. An diesem Ort darf mich ruhig wieder der Blutrausch überkommen. Einerseits hoffe ich, dass wir dort Antworten finden werden, andererseits fürchte ich mich davor. Auf unserem Weg durch die Stadt versuche ich, mich mental auf das Kommende einzustellen. Mit den Wachen und Mitgliedern der Meute werde ich schon fertig werden. K2 ist diesmal die Unbekannte in der Rechnung. Ich will nicht so recht glauben, was die

Zwillinge mir über unsere Schwester erzählt haben, aber ich muss darauf gefasst sein, dass sie tatsächlich so abgerichtet wurde, auch gegen uns zu kämpfen. Sollte sie uns angreifen, meine Männer oder die Zwillinge, dann muss ich handeln. Ich werde nicht die Erste sein, die ein Messer zieht, will uns aber mit all meiner Kraft verteidigen. Geplant ist allerdings, sie lebend in unsere Gewalt zu bekommen und dann das Labor zu überfallen.

Ich komme nicht oft in diesen Stadtteil, der nur aus einfachen Wohnhäusern besteht. Nicht heruntergekommen genug, um die zwielichtigen Gestalten zu beherbergen, mit denen ich manchmal Geschäfte mache, und nicht wohlhabend genug, um als Einbruchsobjekt interessant zu sein. Auch keine lohnenden Ziele für Auftragsmörder. Es gibt also keinen Grund hierher zu kommen – und genau deshalb eignet sich die Gegend hervorragend als Versteck für ein Labor der Meute. Das würde hier keiner vermuten, inmitten dieser langweiligen Doppelhaushälften und schmutzigen Straßen. Soweit ich weiß, gibt's hier nicht einmal einen Laden. Reichlich trist.

Wir bewegen uns schweigend vorwärts, bis wir ein Dach in der Nähe des Labors erreichen. Von hier aus kann ich Rykers Katzen riechen. Die Zwillinge haben ihm den genauen Standort des Labors genau beschrieben, so dass er seine Freunde vorausschicken konnte. Ich glaube, Vier und Ivy sind ein bisschen neidisch auf mein katziges Spionagenetz. Ich beuge mich noch einmal zu Stormy hinunter und streichle sie. Sollen sie ruhig neidisch sein. Meine Katzen sind großartig.

Es überrascht mich ein wenig, dass in dem Labor noch gearbeitet wird. Ich kann von hier aus die Lichter sehen; dort sind selbst um diese Uhrzeit noch Leute beschäftigt. Auch der Umstand, dass man ihre Anführer umgebracht hat, konnte sie offensichtlich nicht an der Weiterarbeit hindern. Vielleicht arbeiten sie schon länger in eigener Verantwortung; oder sie unterstehen einer Macht, die in der Hierarchie noch über der Meute angesiedelt ist. Wir werden hoffentlich bald die Antworten darauf haben.

Eine ältere Katze mit grauen Barthaaren kommt zu Ryker gelaufen und miaut ihren Bericht.

»Sie können im Innern des Gebäudes mindestens fünf Menschen identifizieren sowie andere Wesen, die ihnen unbekannt sind. Es sind keine Sirenen, dafür kennen sie Griffons Geruch zu gut; den würden sie erkennen.«

»Vielleicht diese muskelbepackten Mutanten?«, mutmaße ich.

»Könnte gut sein. Sie haben keine Geruchsspur gefunden, die deiner ähnelt, aber das Gebäude hat mehrere Stockwerke, und keine der Katzen ist hineingegangen. K2 könnte also trotzdem dort drinnen sein, denn wenn sie das Labor in den vergangenen Tagen nicht verlassen hat, hat sich draußen ihr Geruch schon verflüchtigt. Dann haben auch die Katzen keine Chance mehr.«

Stormy faucht, und ich fahre ihr beruhigend über den Kopf. »Ihr macht das bedeutend besser als Hunde«, erkläre ich ihr ernsthaft, und sie schmiegt sich an mein Bein. Ich mag Stormy; vielleicht sollte ich mehr Zeit mit ihr verbringen. In meiner Panther-Gestalt sieht sie wie ein Kind von mir aus mit ihrem seidig-schwarzen Fell, obwohl sie älter ist als ich.

»Seid ihr alle bereit?«, frage ich und sehe mich um. Die Männer nicken kurz, voll konzentriert, während die Zwillinge vor Ungeduld mit den sprichwörtlichen Hufen scharren. Die Katzen, nun ja, sind sich treu und wollen Aufmerksamkeit und Streicheleinheiten.

»Ihr wisst alle Bescheid. Dann lasst uns hier mal ein ordentliches Feuer legen.«

Ich atme tief ein, bin ganz bei mir. Sofort verstärken sich meine Sinneseindrücke. Die Bilder werden schärfer und heller, als ich einen Teil meiner Wandler-Energie zu meinen Augen lenke. Ich sehe bei Nacht sehr gut, auch als Mensch, aber jetzt ist es so, als wäre es taghell. Mein Gehör schärft sich derart, dass ich den Herzschlag der Frau hören kann, die im Haus unter uns schläft. Wenn die wüsste, dass sich gerade eine Gruppe von Killern auf ihrem Dach versammelt hat...

Ein letztes Mal überprüfe ich, dass alle Messer da sind, wo sie sein sollten, dann springe ich los, zunächst auf das Dach des gegenüberliegenden Hauses, das einen freien Blick auf das Labor bietet. Es ist ein hohes Gebäude, das in diesem Stadtteil wirklich fehl am Platz aussieht. Hoch, modern, Glasfassade. Ich freue mich darauf, sie zu zertrümmern. Es würde sicher toll aussehen, wenn all das Glas auf einmal zerbräche, und die Scherben wie kleine spitze Schneeflocken niederfielen. Der Gedanke malt mir ein

Grinsen ins Gesicht. Vorfreude ist die schönste Freude.

Ich kauere mich hin, falls da unten Wachen aufgestellt sind. Jede Wette, dass dies der Fall ist, auch wenn niemand von außen zu sehen ist. Griffon hat erklärt, dass sie hier dieselbe Technik verwenden, die wir zuvor schon bei dem anderen Labor angetroffen haben. Es ist dieser Hochfrequenz-Ton, der Menschen dazu bringt, sich von dem auf diese Weise gesicherten Ort fernzuhalten, ohne zu wissen, warum. Zum Glück hat das auf keinen von uns eine Wirkung. Und noch ein guter Grund, warum wir unsere menschlichen Freunde zu Hause gelassen haben.

Ich bleibe auf dem Dach und warte, dass die anderen ihre Position einnehmen. Stormy landet neben mir, wie ein Schatten in der Nacht. Was ja auch zutreffend ist, nur dass dieser flauschige Schatten gestreichelt werden will.

»Bist du eine richtige Katze oder ein liebestoller kleiner Hund?«, flüstere ich. Sie faucht, drückt ihren Kopf aber weiter in meine Hand und will schmusen. Sie nutzt die Situation schamlos aus, denn ich muss noch auf die anderen warten. Ganz schön gerissen.

Ich streichle sie geistesabwesend und beobachte dabei den Eingang zum Labor. Bodenlange Rollläden verbergen das Innere, obwohl wir dank Ryker und seinen Katzen schon wissen, wie viele Personen sich darin befinden, zumindest im Erdgeschoss. Ich hätte das auch alleine herausfinden können, aber dafür hätte ich länger hier sitzen und auf meine Wandler-Fähigkeiten vertrauen müssen. Die dafür nötige Geduld fehlt mir heute ganz und gar. In diesem Labor gibt es die Antworten, die ich unbedingt haben muss. Je schneller ich sie bekomme, desto besser.

Es dauert eine halbe Ewigkeit, bis Griffon an der Eingangstür erscheint. Falls dort eine spezielle Sirenen-Technik zur Abwehr von Eindringlingen eingesetzt wurde, soll er sie ausschalten. Ist schon praktisch, einen Siron auf unserer Seite zu haben, besonders einen so gut aussehenden. Ich kann mir nicht helfen und muss einfach seinen knackigen Hintern bewundern, als er langsam auf das Gebäude zuläuft. Er trägt heute besonders enge Jeans. Das sollte er öfter tun.

Stormy miaut anerkennend.

»Der ist zu groß für dich«, flüstere ich. »Und außerdem ist das meiner.«

Fühlt sich gut an, das zu sagen. Meiner. Die Katze in mir schnurrt. Es hat wirklich geholfen, über alles zu reden. Ich brauche sicher noch Zeit, bis ich mich an den Gedanken gewöhnt habe, in einer Beziehung zu stehen, aber fürs erste bin ich froh, sie alle als ‚mein‘ betrachten zu dürfen.

Das Licht im Innern flackert. Das ist das Signal. Griffon hat die eventuell vorhandenen Wachen überwältigt und erwartet uns im Empfangsbereich. Zwei Schatten bewegen sich auf die Tür zu. Ryker und Lennox. Sie schleichen sich hinein zu Griffon. Ich beneide sie ein bisschen, schließlich werden sie den ganzen Spaß haben, während ich hier oben Wache halte. Schreie dringen aus dem Gebäude, die aber für menschliche Ohren zu leise wären. Ich verziehe das Gesicht. Das ist so unfair. Ich will mitspielen. Hoffentlich lassen sie mir ein paar übrig. Obwohl das dem Grund widerspräche, warum ich mich nicht mit meinen Messern ins Getümmel stürze – ich soll nicht wieder in solch einen Blutrausch geraten wie beim letzten Mal. Ich muss einen kühlen Kopf bewahren, wenn ich an die gewünschten Informationen gelangen und K2 gegenübertreten will. Die Zwillinge wissen nichts davon; sie denken, ich sei hier draußen, um alles zu koordinieren.

Ich warte und streichle dabei Stormys seidiges Fell. Sie nutzt die Situation gründlich aus. Kann ich verstehen, das hätte ich auch getan. Darin sind wir uns ähnlich.

Endlich blinkt das Licht wieder. Jetzt geht's los. Ich klettere vom Dach, finde mit Leichtigkeit Tritte an der Steinmauer. Solche alten Gebäude sind mir die liebsten, an ihnen klettert es sich leichter. Das sähe bei dem gläsernen Labor ganz anders aus, weshalb wir da lieber den Eingang benutzen. Wir sind stark genug, dass wir uns nicht heimlich einschleichen, sondern gleich zum offenen Angriff übergehen. Hoffentlich sind wir uns unserer Sache nicht zu sicher. Es gibt schließlich einen Grund dafür, warum in diesem Labor noch gearbeitet wird, obwohl die Anführer tot sind.

Die Zwillinge erscheinen aus dem Nichts und nehmen den Platz an meiner Seite ein, als wir langsam in das Gebäude eintreten, gefolgt von einigen Katzen. Der Geruch des Todes umnebelt meine Sinne. Drei Leichen liegen in einer Blutlache auf dem Boden. Das weckt

Hungerfühle in mir, aber ich unterdrücke sie. Ich darf jetzt die Kontrolle nicht verlieren, egal, wie appetitlich sie aussehen.

»Ich kann sie spüren«, sagt Vier plötzlich und bleibt wie angewurzelt stehen. »Sie ist hier.«

»K2?«, frage ich und ziehe meine Messer aus den Scheiden.

Sie nickt. »Sie ist ganz nah. Sei wachsam.«

Die Männer warten an einem Treppenaufgang auf uns; Stufen führen nach oben wie auch nach unten.

»Hast du eine Ahnung, wo sie sein könnte?«, fragt Ivy ihre Schwester.

Vier dreht sich im Kreise, hat die Augen geschlossen. »Oben, glaube ich. Schwer zu sagen. Da sind auch ein paar von diesen Mutanten.«

Ich stöhne. »Das hatte ich befürchtet. Die sind so schwer zu erledigen.«

Ich wende mich den Männern zu. »Lennox, Ryker, ihr übernehmt das Kellergeschoss. Griffon, du bleibst bei uns. Wenn K2 zum Problem wird, kannst du uns mit deinen Sirenen-Kräften vielleicht helfen. Und denk daran, wir wollen sie lebend. Niemand tötet meine Schwester.«

Ivy schnaubt verächtlich. »Sie ist nicht unsere Schwester. Dafür ist sie schon zu weit abgedriftet.«

Ich werfe ihr einen scharfen Blick zu. »Wir geben keine von uns verloren. Sie wird nicht getötet.«

Sie murmelt etwas Unverständliches, aber ich will es gar nicht hören. Wir müssen jetzt zusammenhalten und uns auf unser Ziel konzentrieren.

Ich sprinte die Treppe hinauf und hoffe, dass mir die anderen folgen werden.

»Warte«, ruft Ryker. »Ich gebe dir ein paar Katzen mit. Sie können Botschaften übermitteln, falls das nötig ist.«

Natürlich entscheidet sich Stormy sofort, mit mir zu kommen, begleitet von zwei weiteren Katzen, die ich noch nicht kenne. Die größere ist getigert und hat einen flauschigen, goldfarbenen Bauch, die kleinere sieht total gelangweilt aus, als ginge sie das alles nichts an.

Die übrigen Katzen folgen Ryker ins Untergeschoss. Ich kann mir kaum noch vorstellen, dass wir irgendetwas unternehmen, ohne von einer Gruppe dieser Vierbeiner umgeben zu sein. Sie sind nützlich und können gelegentlich als Ablenkung dienen.

»Sie ist ganz in der Nähe«, flüstert Vier hinter mir.

Ich sauge prüfend die Luft ein, während ich zwei Stufen auf einmal nehme. Ich kann nur menschliche Gerüche entdecken, vermischt mit ein bisschen Sirenen-Duft. Was auch immer Vier tut, um K2 riechen zu können, ich kann es nicht. Sobald wir hier fertig sind, muss ich herausfinden, welche anderen Fähigkeiten die Zwillinge sonst noch besitzen. Vielleicht können wir uns gegenseitig etwas beibringen oder zumindest von den Möglichkeiten der anderen profitieren.

Die Treppe scheint nicht enden zu wollen. Sie führt anscheinend am ersten Obergeschoss vorbei direkt ins zweite. Merkwürdig. Eine Glastür trennt einen Flur vom Treppenhaus. Einen Moment lang bin ich geneigt, Griffon ins nächste Stockwerk zu schicken, aber wir brauchen ihn hier. Es scheint etwas übertrieben, drei Leute mitzunehmen, aber wenn die Zwillinge mit ihrer Einschätzung von K2s Stärke Recht haben, könnte es notwendig sein.

Unsere Schritte hallen durch den leeren Flur, obwohl jeder von uns gelernt hat, sich sehr leise fortzubewegen. Abwechselnd überprüfen wir, was sich hinter den Türen zu beiden Seiten verbirgt, aber es sind nur langweilige Büroräume mit einem Schreibtisch, Stuhl und einigen Regalen. Ich hoffe insgeheim, dass wir die gewünschten Informationen irgendwo anders finden und uns nicht durch jeden dieser Räume durcharbeiten müssen. Das wäre an Langweiligkeit kaum zu überbieten.

»Sie ist - !«

Noch bevor sie es aussprechen kann, bemerke ich aus den Augenwinkeln eine Bewegung, schaue auf und sehe etwas von der Decke fallen. Verdammt nochmal, von der Decke! Wie eine Spinne. Sie landet in der Hocke vor uns und versperrt uns den Weg. Normalerweise würde ich sofort meine Messer einsetzen, aber ich erkenne sie an der Art ihrer Bewegungen. Sie ist wie ich. Meine Schwester. Sie ist so groß wie ich, aber etwas dünner, und ihre Haare sind kurz geschnitten. Sie ist vollkommen weiß gekleidet und steht damit in starkem Kontrast zu uns anderen, die wir alle schwarz tragen. Sie sagt nichts. Sie greift nur an.

Sie springt, fliegt geradezu durch die Luft, genau auf mich zu. Ich lasse mich auf alle viere fallen und weiche ihr damit aus. Griffon hat nicht so viel Glück. Sie trifft ihn in der Brust, und beide fallen zu Boden. Er schreit auf, und ich rieche Blut. Mist. Ich springe auf und attackiere sie von hinten, damit sie ihn loslässt. Die Zwillinge helfen mit, jede von ihnen greift einen ihrer Arme und hält sie fest. Ihre Finger triefen von Griffons Blut. Statt Fingernägeln hat sie Klauen. Sonst trägt sie keine Waffen, aber so schnell wie sie sich bewegt hat - schneller, als ich es je könnte - hat sie die auch nicht nötig.

Sie kämpft gegen uns an, aber wir sind zu dritt und nicht die schwächsten, auch wenn die Zwillinge kleiner sind als ich.

»Griffon, geht's dir gut?«, rufe ich, während ich meine Beine um ihre wickele, um sie in Schach zu halten.

»Ja, alles in Ordnung«. Er stolpert auf die Füße, auf seiner Brust sind tiefe Risswunden zu sehen. Er blutet stark, aber im Moment kann ich ihm nicht helfen.

Plötzlich beginnt K2 zu zittern, als hätte sie einen Anfall. Ich halte sie weiter fest, obwohl sie schwerer zu werden scheint.

»Sieh dir ihre Hände an!«, ruft Ivy.

Wow. Ihre Klauen werden länger, wachsen, bis sie fast so lang sind wie ihr Unterarm. Was - zum Teufel - ist - das?! Das ist keine Teil-Wandlung, sondern etwas viel Weiterentwickeltes. Was haben sie nur mit ihr gemacht?

Sie tritt mich, aber trotz des stechenden Schmerzes in meinem Schienbein halte ich sie fest. Der Geruch meines eigenen Blutes füllt jetzt den Flur, in Kombination mit dem von Griffon. Ich kann es von hier aus nicht sehen, aber sie hat an den Füßen wohl ähnliche Klauen wie an den Händen. Tut verdammt weh. Ist aber wohl nur eine Fleischwunde, denn ich kann meine Beine normal bewegen; Sehnen oder Knochen scheinen nicht verletzt zu sein.

»Griffon, deine Stimme!«, rufe ich, denn ich werde sie nicht viel länger halten können. Die Zwillinge müssen sich mächtig anstrengen, ihren Klauen auszuweichen, während sie K2s Arme weiter festhalten.

Schwarzes Fell beginnt sich in ihrem Nacken zu bilden. Oh nein, hast du dir gedacht! Ohne weiter nachzudenken, senke ich meine Zähne in ihren Hals und beiße zu, so fest ich kann. Sie quietscht, der erste Laut, den sie von sich gibt, seit sie uns angegriffen hat. Ihr Blut strömt in meinen Mund. Es schmeckt säuerlich, wie Milch, die man zu lange ohne Kühlung hat stehenlassen. Auf jeden Fall nicht so, wie Blut eigentlich schmecken sollte, gleichgültig, ob es von Wandlern oder Menschen kommt. Was auch immer die Wissenschaftler der Meute mit ihr angestellt haben, es geht weit über das hinaus, was die Zwillinge und ich erfahren haben. Vielleicht hatten die Beiden Recht, und sie ist tatsächlich unrettbar verloren.

Griffon öffnet den Mund, und Musik berührt meine Haut und umarmt mich wie ein guter Freund. Ich lächele, entspanne mich aber nicht zu sehr. Wir sind schließlich noch mitten in einem Kampf. Der Fellansatz verschwindet langsam, blasse Haut tritt an seine Stelle. Ich verstehe die Worte des Sirenenliedes nicht, aber sie sind auch nicht für mich bestimmt. Er singt für K2, besänftigt sie. Sie kämpft nicht mehr so stark gegen uns an, und ihre Klauen schrumpfen allmählich wieder. Hätte nicht gedacht, dass es so leicht sein würde, sie zu zähmen, überraschend einfach. Ich halte meine Zähne allerdings immer noch in ihrem Nacken und lockere meinen Griff nicht. Sie könnte versuchen, uns zu täuschen.

Griffon lässt sich Zeit, umgarnt sie langsam mit seinem Lied. Mir wird ganz warm und schwindelig. Ja, und ein bisschen neidisch bin ich auch, dass er für K2 singt, die ihn angegriffen und das eigentlich nicht verdient hat. Zu Hause werde ich ihn vielleicht bitten, noch einmal für mich zu singen.

»Ja«, flüstert sie.

Ich wechsele einen Blick mit den Zwillingen. Warum hat sie das gesagt?

»Ja«, wiederholt sie. »Versprochen.«

Das muss etwas mit dem Sirenen-Gesang zu tun haben. Griffon lächelt sie an, auch wenn ihm die Schmerzen mittlerweile ins Gesicht geschrieben stehen. Seine Haut ist blass geworden, die Narben im Gesicht treten dadurch deutlicher hervor. Er beendet sein Lied langsam, lässt es ausklingen, das Echo klingt noch einige Atemzüge länger in meinem Kopf nach. Einfach schön.

»Ihr könnt sie jetzt loslassen«, sagt er, bevor er zusammenbricht.

Ich lasse K2 fallen und eile zu Griffon, knie mich neben ihm nieder.

»Tut mir leid«, murmelt er.

»Warum zum Teufel entschuldigst du dich?!«

Ich sehe mir seine Wunden an. Sie sind tiefer als zunächst angenommen und bluten stark. Ich werde K2 umbringen, weil sie einen meiner Männer verletzt hat. Nein, werde ich nicht, aber ich könnte sie ein bisschen foltern. Keiner legt Hand an meinen Siron.

»Ich kann ihm helfen.« Ivy kniet an meiner Seite. »Aber ich muss ihn ablecken.«

Ich sehe sie verständnislos an. »Ihn ablecken?«

»Mein Speichel enthält heilende Enzyme. Bei Vier ist das auch so, aber meine sind wirkungsvoller. Das wird nicht ausreichen, die Wunden vollständig zu heilen, dürfte aber den Blutfluss stoppen.«

»Du willst Griffon ablecken«, wiederhole ich langsam. »Das ist so ziemlich das Merkwürdigste, was ich je ausgesprochen habe.«

Sie lacht leise. »Glaub mir, darauf stehe ich bei Männern normalerweise nicht. Ich habe das bisher nur einmal an jemand anderem als meiner Schwester ausprobiert. Also jedenfalls freiwillig.« Ihr Gesichtsausdruck verfinstert sich. »Die Meute hat meine Fähigkeit natürlich weidlich ausgenutzt.«

Mir zieht sich der Magen zusammen beim Gedanken daran, wozu man meine Schwestern wohl gezwungen hat. Dabei sind sie noch so jung, halbe Kinder, und mussten doch schon so viel durchmachen. Ich hasse die Meute. Und freue mich darauf, auch dieses Gebäude dem Erdboden gleich zu machen und jeden, der sich noch darin befinden sollte, zu töten.

»Tu es«, stößt Griffon zwischen zusammengebissenen Zähnen hervor.

Ich schaue nicht hin, als sie sich über ihn beugt und seine Brust ableckt. Das ist einfach nur abartig.

Er seufzt, und ich ziehe die Stirn in Falten. Hört sich ja fast an, als würde er das auch noch genießen!

Sein erleichtertes Lächeln verschwindet daraufhin sofort.

»Echt unangenehm«, stöhnt er theatralisch.

Vier räuspert sich. »Wenn ihr mit der Abschleckerei fertig seid, könnten wir uns wieder K2 zuwenden?«

Ich stehe auf und gehe zu meinen beiden Schwestern. Vier hält K2 ein Messer an die Kehle, aber das lässt sie unbeeindruckt. Ihr Blick ruht auf Griffon, ist aber gleichzeitig leer und unbeseelt.

»Weißt du, wer ich bin?«, frage ich sie. Sie nimmt keine Notiz von mir. Ihre Blickrichtung ändert sich auch nicht, obwohl ich jetzt zwischen ihr und Griffon stehe.

Vier sieht so verwirrt aus, wie ich mich fühle.

»War sie schon mal so, als du sie früher getroffen hast?«

Sie schüttelt den Kopf. »Nein. Sie hat uns immer angegriffen, hat nie auch nur eine Sekunde gezögert. Wir haben versucht, mir ihr zu reden, aber das ließ sie vollkommen kalt. Dies hier ist ein völlig neues Verhalten.«

»Die Mitglieder der Meute müssen sie so erzogen haben, dass sie für Sirenengesang besonders empfänglich ist«, sagt Griffon hinter mir und steht langsam auf. »Sie mussten sie auf andere Art kontrollieren, wo sie ja kein Halsband trug. Ich wette, sie gehorcht nur auf

Anweisungen von anderen Sirenen und befolgt sie, bis sie neue erhält.«

Das wäre eine Erklärung. Und es erleichtert uns den Umgang mit ihr. Natürlich werden wir ihr nicht über Griffon auf ewig sagen können, was sie tun soll, aber vorläufig reicht das als Kommunikationsmöglichkeit. So müssen wir nicht mir ihr kämpfen. Die Zwillinge hatten Recht, sie stellt eine viel größere Bedrohung dar, als ich wahrhaben wollte.

»Können wir darauf vertrauen, dass sie sich uns nicht in den Weg stellt? Dass sie uns nicht wieder angreift?«

Griffon betrachtet K2 eingehend. »Ich bin mir nicht sicher. Ich glaube schon, aber das ist auch für mich Neuland. Nie hat jemand so schnell auf meinen Gesang reagiert. Ich musste mich überhaupt nicht anstrengen. Sie hat ohne Gegenwehr alles akzeptiert, was ich ihr gesagt habe. Das ist irgendwie gruselig. Ich habe dadurch viel zu viel Macht über sie, und das empfinde ich eher als unangenehm.«

»Den meisten Leuten würde diese Macht gefallen«, gibt Ivy zu bedenken.

»Aber nicht Griffon«, sage ich stolz. »Er ist da anders.«

Er grinst. »Das bin ich gewiss. Wollen wir weitermachen? Wir haben zwar K2 unter Kontrolle, aber es warten sicher noch weitere Hindernisse auf uns.«

»Du solltest hier bei ihr bleiben. Schließ dich in eines der Büros ein, während die Zwillinge und ich den Rest des Gebäudes untersuchen. Du bist noch verletzt und musst auf K2 aufpassen. Übrigens, kannst du sie mal fragen, ob sie einen Namen hat?«

Er wiederholt meine Frage an sie gewandt.

»K2«, antwortet sie tonlos.

Also gut, kein Name. Hatte ich nicht anders erwartet. Von ihrer eigenen Persönlichkeit scheint kaum noch etwas übrig zu sein.

»Ich würde lieber mit euch mitgehen«, beginnt Griffon seinen Einwand, aber ich unterbreche ihn.

»Keine Widerrede, ich bin sicher, dass ich Recht habe. Stormy bleibt bei dir. Wenn du uns brauchst, schick sie los.«

Die Katzen haben sich während des Kampfes im Hintergrund gehalten, aber als sie Stormys Namen hören, kommen sie näher. Die Schwarze reibt sich an meinen Beinen, und ich kann nicht widerstehen und kraule sie zwischen den Ohren.

Ich warte, bis die anderen drei in einem Büro sind und schließe die Tür hinter ihnen ab, bevor ich in Begleitung der Zwillinge den Weg durch den Flur fortsetze. Jetzt haben wir auch immer ein Auge auf die Decke über uns, falls sich ein weiterer Angreifer von dort nähern sollte.

Plötzlich erklingt eine Sirene, dröhnt durch das ganze Gebäude und erst recht in meinen Ohren. Verdammt. Ich hatte gehofft, dass keiner im Labor Alarm auslösen würde, aber nun ist es passiert, und wir müssen uns auf eine Kampftruppe der Meute einstellen. Jetzt ist Eile geboten.

Die Zwillinge untersuchen weiter die leeren Büros,

während ich voraustrabe, bis ich an einer mit Milchglasscheiben versehenen Doppelflügeltür am Ende des Gangs ankomme. Ich bleibe vor ihr stehen und lasse meine Sinne für mich arbeiten. Zwei Leute sind darinnen, beides Menschen. Ich greife zu meinen Messern. Jetzt werde ich endlich ein bisschen Spaß haben.

ACHT

Ich werfe ein Messer nach einem kräftig gebauten Mann im hinteren Teil des Raumes, der sich hinter einem Tisch versteckt hat. Dumm nur, dass er gerade in dem Moment, als ich ins Zimmer stürze, seine Nase rausstecken muss. Die Klinge trifft ihn im Hals, er gurgelt sein eigenes Blut, das aus der Wunde spritzt. Sehr schön.

Ich stürze mich auf die andere Person, eine Frau in Wachposten-Uniform. Sie hat zwei Krummschwerter gezogen, und an der Art, wie sie dasteht, erkenne ich sofort, dass sie im Kämpfen nicht ungeübt ist. Sie grinst breit, als sie meine Hiebe abwehrt, als mache es ihr Freude, herausgefordert zu werden. Das ginge mir ähnlich, wenn ich den ganzen Tag in so einem langweiligen Labor zubringen müsste.

Ich wehre ihre Attacken mit Leichtigkeit ab, muss aber zugeben, dass sie für einen Menschen ziemlich gut kämpft. Aber sie ist mit Sicherheit kein Mutant, dafür ist sie zu langsam. Ich beschließe, nicht allzu sehr in die Offensive zu gehen, sondern den Kampf lieber etwas hinauszuzögern. Deshalb mache ich schließlich diesen Job – um den Adrenalinschub zu spüren, blitzschnell bei voller Konzentration zu reagieren, diese einmalige Klarheit zu erleben, mit der ich jede ihrer Bewegungen vorausahne und darauf antworte. Ich könnte dies den ganzen Tag lang so weitermachen.

Etwas zischt an meinem Ohr vorbei und trifft die Frau am Hals. Ein Messer.

»Hey, ich hab mich hier gerade gut amüsiert«, beschwere ich mich bei den Zwillingen und stecke meine Waffen zurück in die Scheiden.

Vier kommt herüber und zieht ihr Messer aus dem Körper ihres Opfers. »Wir haben jetzt keine Zeit für Spielereien.«

Sie hat Recht, aber ich fühle mich trotzdem um meinen Kampferfolg betrogen. Das hinterlässt einen bitteren Nachgeschmack. Vier wischt sich das Messer an ihrer weißen Hose ab, was dort leuchtend rote Blutstriemen hinterlässt. Warum nur mussten die beiden Mädchen unbedingt weiße Kleidung anziehen? Bei einem solchen Einsatz gibt es kaum etwas Unpraktischeres. Es muss einen Grund dafür geben, aber den werde ich ein andermal herausfinden.

Das Labor ist nicht sehr groß und sieht fast genauso aus wie das, in dem ich Großmutter Doktor gegenüberstand. Mein Hals beginnt bei dem Gedanken an sie zu jucken – und an das Halsband, das sie mir damals verpasst hat und das mich beinahe umgebracht hätte. Das wird mir diesmal nicht passieren. Fitzroy ist tot, mein anderer Schöpfer ebenfalls. Griffon und ich haben die Anführer der Meute getötet und in dem blauen Haus auch noch eine ganze Reihe ihrer Wissenschaftler. Wir löschen sie einen nach dem anderen aus, wie Ratten, denen sie sowieso ähneln. Hoffentlich ist das hier ihr letzter Unterschlupf, den wir niederbrennen müssen.

Ivy und Vier sehen sich die Regale genauer an, die sich an den Wänden des Labors entlang ziehen. Ich überlasse ihnen diese Arbeit und beschäftige mich lieber mit den vier langen Tischen. Sie sind sauber abgewischt, aber auf meiner rechten Seite rieche ich etwas, das mir vertraut ist. Ich springe über den ersten der Tische – darum herum zu laufen wäre zu einfach – und folge diesem Geruch. Eine schmale Schublade unter der Metalloberfläche steht halb offen und ist mit einem Dutzend kleiner Flaschen gefüllt. Ich nehme eine heraus und schnüffele daran. Ja, das war es, was ich gerochen habe.

Es erinnert mich an etwas, aber ich kann den Geruch nicht eindeutig zuordnen. Zitronenduft in Verbindung mit etwas Scharfem, das mich in der Kehle kratzt. Ich schließe die Augen und konzentriere mich ganz auf den Geruch. Ein anderes Labor – aber nicht zur Meute gehörig. Mein eigenes. Vermischt mit einem Duft, den ich jeden Tag rieche. Bethany. Und Gummi, der Geruch von Schutzkleidung.

Ich öffne die Augen und bin mir jetzt ganz sicher,

wo ich so etwas vorher schon gerochen habe. Bethany hat versucht, die Droge herzustellen, die in den Unterlagen der Meute erwähnt wurde. Sie sagte, diese sei allen Klonen gegeben worden, aber sie wisse nicht, was sie bewirke. Ich habe nie herausgefunden, ob es ihr gelungen ist, diese Substanz tatsächlich herzustellen, aber die bernsteinfarbene Flüssigkeit in diesem Fläschchen muss es sein.

Einen Moment lang bin ich versucht, den ganzen Bestand zu zerstören. Aber dann überlege ich, dass dies sicher ein Teil des Puzzles ist, ganz bestimmt.

Ich stecke einige der Fläschchen ein und pfeife dann, um die Aufmerksamkeit der Zwillinge auf mich zu lenken. »Habt ihr so etwas je gesehen oder gerochen?«

Sie kommen heran, sind ganz staubig vom Stöbern in den alten Akten. Diese weiße Kleidung muss definitiv durch etwas Praktischeres ersetzt werden.

Ivy nimmt eine Nase voll und schüttelt dann den Kopf, aber Vier erstarrt und reißt die Augen auf.

»Woher hast du das?«

Ich deute auf den Schreibtisch hinter mir. »War in einer Schublade, ich habe den Geruch erkannt. Und du auch, oder?«

Sie nickt langsam. »Leider ja.«

»Haben sie dir das verabreicht?«

»Ich glaube schon. Die Erinnerung daran ist ziemlich verschwommen.«

»Du erinnerst dich wenigstens«, sagt Ivy düster. »Ich wünschte, ich könnte das auch.«

»Du weißt es wirklich nicht mehr?«, flüstert Vier und Ivy wird blass, als sie einen Blick austauschen. Haben sie gerade mental miteinander kommuniziert?

»Sag's mir, Vier«, sage ich so sanft wie möglich. »Was bewirkt die Droge?«

Sie schüttelt den Kopf. »Ich will nicht darüber sprechen.«

»Ich muss es aber wissen.« Ich zerdrücke die Fläschchen fast in meiner Hand beim Versuch, geduldig zu bleiben. Ihre Qual ist sichtbar. Wenn ich aus meiner Haut heraus könnte, würde ich sie jetzt umarmen.

Ivy nimmt die Hand ihrer Schwester. »Soll ich's ihr sagen?«

Vier lächelt sie dankbar an und nickt.

»Sie hat mir gezeigt, an was sie sich erinnern kann«, erklärt Ivy. »Manchmal ist es für uns einfacher, dem anderen die Erklärungen zu überlassen. Es ist schrecklich, sich zu erinnern, aber es war noch viel schlimmer, das tatsächlich zu durchleben.«

Ja, das verstehe ich. Ich habe sie wegen ihrer einmaligen Verbindung zueinander beneidet, aber die muss ihnen auch viel Schmerz und Pein bei der Meute eingebracht haben.

»Sie führten sie in ein Labor und fesselten sie an einen Stuhl«, erklärt Ivy tonlos, als würde sie ein langweiliges Schriftstück vorlesen und nicht die Erinnerungen ihrer Schwester wiedergeben. »Dann spritzten sie ihr diese Droge. Sie kämpfte gegen ihre Fesseln an, wurde aber schnell müde. Und dann begannen die Schmerzen. Keine körperlichen, sondern mentale. Ihre

Katze wurde aus ihr herausgerissen. Die Verbindung zwischen ihnen wurde durch diesen Eingriff in Mitleidenschaft gezogen.«

»Wart mal, was willst du damit sagen?«, unterbreche ich. »Die Verbindung zu ihrer Katze?«

»Sie haben uns verändert«, flüstert Vier und schaut mir dabei nicht in die Augen. »Sie haben uns gebrochen, und wir können uns nicht einmal erinnern.«

»Nein, wir haben euch verbessert.« Ich habe meine Messer schon gezogen und bin bereit zum Angriff, noch bevor ich merke, dass die Stimme aus einem der Lautsprecher über der Tür kam. Es ist die Stimme eines Mannes, sie klingt tief und bedrohlich.

»Den kenne ich«, murmelt Vier atemlos.

Instinktiv haben wir ein Dreieck gebildet, stehen mit dem Rücken zueinander, das Gesicht nach außen gerichtet.

»Wer bist du?«, rufe ich.

»Kleine K1, du bist jetzt so erwachsen und weißt immer noch nicht, wie man sich benimmt. Keine Angst, das werden wir dir bald beibringen.«

Für wen zum Teufel hält der sich?

»Wie wär's, wenn du dich zeigst und wir Auge in Auge miteinander reden können?«

Er lacht. »Nein, lieber nicht. Ich weiß nicht, wie du es geschafft hast, K2 außer Gefecht zu setzen, aber ich will kein Risiko eingehen. Ich überlasse es lieber meinen Bären, dich zu mir zu bringen. Und töte bitte nicht zu viele von ihnen. Sie sind so teuer in der Herstellung.«

»Hat er gerade von ,Bären' gesprochen?«, fragt Ivy

laut. »Meint er damit Bären-Wandler? Bin mir ziemlich sicher, dass es die nicht gibt.«

»Das hoffe ich«, murmele ich. »Wenn doch, gibt's Probleme. Bären sind groß.«

Schritte nähern sich dem Labor. Ich entnehme meinem Kragen fünf Giftpfeile und halte sie wurfbereit in den Fingern. Sie wirken bei Wandlern nicht so gut wie bei Menschen, können sie aber verlangsamen und auch bei ihnen eine gewisse Benommenheit auslösen.

Die Mädchen stehen zu meinen Seiten und haben ihre Dolche gezogen. Ist doch schön, dass wir alle mit ähnlichen Waffen kämpfen. Vielleicht liegt es in unseren Genen, vielleicht an unserer Ausbildung, wer weiß, aber es knüpft ein weiteres Band zwischen uns.

Noch bevor sich die Türen öffnen, kann ich sie riechen.

»Das sind keine Bären, das sind die Mutanten«, rufe ich gerade in dem Moment, als sie in das Zimmer stürmen. Es sind sechs an der Zahl. Große breitschultrige Brutalos, Schwerter und Äxte schwingend, die beinahe so lang sind wie ich. Das sind dieselben Wüstlinge, mit denen wir es schon vorher zu tun hatten. Deren Blut mir geschmeckt hat.

Ich grinse einen an, der auf mich zu gerannt kommt. »Hallo, Süßer. Ich werde dich aussaugen.« Und dann werfe ich die Pfeile. Das Gift daran ist eine Neuentwicklung, nicht mehr das, welches ich bei der damaligen Attacke verwendet hatte. Das hat sich als ziemlich wirkungslos erwiesen. Ich hoffe, dieses hier ist besser. Bethany kann man in dieser Hinsicht vertrauen.

Zwei der Pfeile treffen den Mann an vorderster Front, je einer einen der drei nachfolgenden Kampfmaschinen. Es ist ein Versuch – mal sehen, ob ein Pfeil ausreicht, jeweils einen der Mutanten zu Fall zu bringen.

Ärgerlicherweise beeinträchtigt das Gift den Mann, der jetzt sein Schwert hebt, um es auf mir niedersausen zu lassen, kein bisschen. Mist. Ich war mir so sicher, dass es funktionieren würde. Ich beuge mich zurück und kreuze meine beiden Klingen vor der Brust, um seinen Stoß abzufangen. Meine Arme werden bis ins Mark erschüttert, als sein Schwert auf meine Messer trifft. Der ist verdammt stark. Statt ihn abzuwehren und dann wie geplant einen Gegenangrifft zu starten, lasse ich mich ohne Vorwarnung auf den Boden fallen. Er stolpert, verliert das Gleichgewicht. Genug Zeit für mich, ihm zwei weitere Pfeile in die Fußgelenke zu stoßen und mich dann aus seiner Reichweite zu rollen. Jetzt beginnt er endlich zu schwanken, seine Augen bekommen einen gläsernen Blick. Er bricht allerdings noch immer nicht zusammen, was er eigentlich sollte. Ich werde Bethany dafür feuern. Oder ihr das Gehalt kürzen. Sie hat mir ein Gift versprochen, dass auch bei Mutanten wirkt. Aber vielleicht sind dies hier schon Weiterentwicklungen, noch stärkere. Sie riechen noch genauso, scheinen aber größer zu sein.

Er läuft erneut auf mich zu, stolpert, kann sich gerade noch abfangen, aber jetzt kommen zwei weitere auf mich zu. Sie scheinen Brüder zu sein, mit wild wuchernden Bärten und noch wilderen Blicken. Ihre

Äxte sehen etwas zu scharf aus, als dass ich mich ihnen aussetzen wollte. Zeit, die Strategie zu ändern.

Ich atme tief ein und aktiviere meine Wandler-Kräfte. Früher hätte mir das etwas zusätzliche Kraft und die Fähigkeit zu einer Halb-Wandlung gegeben; aber jetzt spüre ich, wie mich reine Energie durchdringt. Als sie im Kopf ankommt, entfaltet sie dieselbe Wirkung wie ein halbes Dutzend Cocktails. Vielleicht kriege ich danach einen Kater...

Grinsend werfe ich mich ins Gefecht. Als einer der Bär-Mutanten mit seiner Axt meine Messer berührt, schiebe ich ihn zurück und überrasche damit sowohl ihn wie auch mich selbst. Ich drehe meine Hände und damit auch seine Axtklinge, so dass ich ihn jetzt von der Seite angreifen könnte. Leider wartet sein Bruder nicht, bis wir unseren Zweikampf beendet haben.

Aus den Augenwinkeln sehe ich seine Axt auf mich zukommen und lehne meinen Kopf so weit zurück, dass ich fast den Boden berühre. Während die Axt über mir durch die Luft saust und um Haaresbreite meinen Nabel verfehlt, drehe ich meine Messer und ramme sie dem Mann in die Fußgelenke. Er schreit auf und fällt auf die Knie. Ich weiß zwar, dass er sich selbst sehr bald heilen wird, aber dies ist die perfekte Höhe, um ihm die Kehle durchzuschneiden. Ich tue es mit meiner linken Hand, während ich mit der rechten seinen Bruder steche. Der will einfach nicht aufgeben.

Während der eine Bruder schreit – der mit meinem Messer in der Wange - drücke ich dem anderen meine

Klinge tief in den Hals. Meine neu gewonnene Kraft macht es mir leicht, durch Fleisch und Knochen zu dringen. Ich lasse das andere Messer einen Moment lang los und konzentriere mich darauf, diesem Bären den Kopf abzuschneiden. Sonst kann er sich regenerieren, und ich will mit ihm nicht wieder und wieder kämpfen müssen. Als sein Kopf mit dumpfem Laut auf den Boden fällt, kicke ich ihn zur anderen Seite des Zimmers. Das tut gut!

Sein Bruder brüllt wütend und reißt sich mein Messer aus dem Gesicht. Es hinterlässt eine tiefe Wunde, die bis auf den Knochen geht. Sie blutet allerdings kaum. Diese Heilkräfte sind wirklich erstaunlich. Ich wünschte, ich hätte sie auch.

Er hebt die Axt seines Bruders auf, schwingt jetzt also zwei. Oh welche Freude. Das sieht nach einer echten Herausforderung aus.

Aus dem Lautsprecher dringt erst wieder ein Rauschen, dann die Stimme des Mannes. »Nun macht schon, ich habe nicht den ganzen Tag Zeit.«

Diese Ablenkung kommt wie gerufen. Während der Mutanten-Bär-Mann der Stimme seines Herrn lauscht, springe ich ihn an und senke mein Messer in seine Brust und drehe es in sein Fleisch. Ich kann spüren, wie ich sein Herz erreiche und das Leben aus ihm weicht. Mit der Klinge im Herzen kann nicht einmal er sich schnell regenerieren.

Er bricht auf dem Boden zusammen. Ich lasse das Messer in seiner Brust und hebe das andere auf, das er sich aus der Wange gezogen hat. Ich wische es an meinen Hosen ab und bin froh, dass ich nicht weiß trage wie die Zwillinge.

Um mich herum erzeugt das Aufeinandertreffen der Klingen einen Rhythmus, der einem Trommelwirbel gleich meinen Körper zum Tanzen animiert. Keiner der Zwillinge hat um Hilfe gerufen, also gehe ich davon aus, dass sie alleine klarkommen. Ich muss mich der beiden Bären jetzt aber schnellstmöglich entledigen, damit ich ihnen notfalls beistehen kann. Sie mögen zwar kleinere Ausgaben meiner selbst sein, aber wer weiß, über wie viel Kampferfahrung sie tatsächlich verfügen.

Ich ziehe ein Messer aus meinem Stiefel und werfe mich ins Kampfgetümmel. Zeit für ein Tänzchen.

NEUN

Vier ist gut in Form, hat aber nicht genügend Kraft. Dennoch ist sie schnell und somit in der Lage, sich außerhalb der Reichweite ihrer Gegner zu halten und aus der Deckung heraus gelegentlich anzugreifen. Für Ivy ist die Lage schwieriger. Sie könnte wahrscheinlich mit einem der Mutanten fertigwerden, aber im Moment treiben sie zwei von der Sorte in eine Ecke des Zimmers.

Das darf nicht sein. Ich springe auf einen der Tische und laufe darauf entlang, bis ich mich auf einen der Männer werfen kann. Ich lande auf seinem Rücken, und meine Dolche schneiden in den fleischigen Körperteil, an dem der Nacken in die Schultern übergeht. Er schreit auf wie ein Tier und versucht, mich abzuschütteln. Ich bin versucht, *juchhu* zu rufen, als er sich unter mir aufbäumt wie ein Stier. Das ist fast wie ein Bullenritt, etwas, das ich schon immer einmal ausprobieren wollte, nachdem ich es vor ein paar Jahren auf einem Jahrmarkt gesehen habe. Damals hatte ich kein Geld, aber das ist jetzt mein ganz privater Bulle. Ich werde ihn Felix nennen.

Ich könnte ihn aus dieser Position heraus leicht fertigmachen, genieße aber diesen ‚Ritt‘ viel zu sehr. Ich löse eine Hand, wie ich das bei den Bullenreitern gesehen habe. Außerdem habe ich so die Gelegenheit, ein paar Giftpfeile auf den Mann zu werfen, mit dem Ivy kämpft. Das macht ihr die Sache etwas leichter – ich will sie nicht verwöhnen, aber sie soll auch nicht ernsthaft verletzt werden.

Felix versucht, nach mir zu greifen und mich von seinem Rücken zu ziehen, aber ein schnelles Drehen der Messer lässt seine Arme schlaff am Körper herunterhängen. Er brüllt und diesmal kann ich nicht anders, sondern antworte mit einem freudigen Jauchzer. Felix ist ein toller Bulle. Ob ich ihn mitnehmen und zähmen sollte? Die Mädchen könnten auch einen bekommen, wir könnten dann Wettbewerbe austragen...

»Kat, kannst du mal kommen?«

Vier scheint in Schwierigkeiten zu sein. Ach ja. Das hat gerade so viel Spaß gemacht.

»Soll ich dich töten oder willst du mein Bulle sein?«, frage ich Felix.

»Töte mich«, stöhnt er. Wie langweilig. Ich schneide ihm die Kehle durch, springe von seinem Rücken hinunter und trenne dann den Kopf vom Rumpf. Schade. Wäre ein nettes Haustier geworden.

Vier kämpft immer noch mit zweien der Mutanten,

und es sieht nicht mehr so leicht aus wie vorhin. Etliche dünne Schnitte ziehen sich ihre Arme hinauf, aber die Wunden sind zum Glück nicht tief. Wahrscheinlich geeignet, von ihrer Schwester gesund geleckt zu werden.

Gerade als ich sie erreiche, trifft sie mit einem Hieb den Nacken ihres Gegners, und eine Blutfontäne spritzt hoch. Einige Tropfen landen auf meinem Gesicht, und ohne weiter nachzudenken, lecke ich sie von meinen Lippen. Süßer Nektar füllt meinen Mund. Oh ja. Wunderbar.

Der Kampf interessiert mich nicht länger. Ich kann nur noch an meinen Hunger denken; die Lust auf das Blut dieses Mannes überwältigt mich. Einen Moment später liegt er am Boden und ich sitze auf ihm, mein Mund auf seine Wunde gepresst. Ich trinke das Blut, sauge große Schlucke der süßen Flüssigkeit in mich hinein. Noch nie hat mir etwas so gut geschmeckt. Er versucht, mich abzuwerfen, aber ich bin zu stark. Die Welt um mich herum wird bedeutungslos. Ich schließe die Augen und konzentriere mich nur noch auf diesen Geschmack. Er ähnelt dem von Katzenminze mit einem Schuss frischer Sahne und löst dieselben Glücksgefühle in mir aus. Ich rolle mich auf ihm zusammen und trinke weiter. Als mein erster Durst gestillt ist, höre ich trotzdem nicht auf, trinke nur langsamer, lecke sein Blut auf, um ja keinen Tropfen zu vergeuden.

Ein Schnurren löst sich tief aus meiner Brust. Ich war lange nicht mehr so glücklich – vielleicht nie? Das hier schmeckt so viel besser als Katzenminze. Ich fahre meine Krallen aus und ziehe sie wieder ein – oh, ja, meine Krallen sind draußen – während ich mit der Zunge weiter die Wunde lecke, damit sie sich nicht schließt. Er ist noch nicht ganz tot, ich kann seinen schwachen, langsamen Herzschlag noch hören, aber durch den Blutverlust hat er das Bewusstsein verloren. Wenn ich Glück habe, werden seine Selbstheilungskräfte dafür sorgen, dass sich sein Blut schnell genug regeneriert, bevor er stirbt. Er könnte so eine nie versiegende Nahrungsquelle für mich werden. Ich müsste nie wieder etwas einkaufen. Kostenloses, nahrhaftes, schmackhaftes Essen.

Ich schnurre wieder. Ich lebe in einer Traumwelt.

»Kat, komm zu dir.«

Es muss wohl immer einen Spielverderber geben. Ich ignoriere ihn und nehme noch einen Schluck vom Blut. In mir breitet sich ein warmes, wohliges Gefühl aus.

»Sie ist total zugedröhnt. Was sollen wir tun?«

»Hol Griffon, der wird es wissen.«

Ich lasse sie reden, ist mir vollkommen egal, worüber. Ich bin ganz Blut. Flüssige Katzenminze ist die beste Erfindung, die es je gegeben hat.

»Kat?«

Wie nett, dass Griffon mir dabei Gesellschaft leisten will.

»Willste auch 'n bisschen Blut«, murmele ich undeutlich.

»Nein, wir haben für so was keine Zeit, da kommen noch mehr.«

»Mehr Blut?«

Aus irgendeinem Grund stöhnt er ungeduldig. »Nein, mehr Leute, die uns töten wollen. Kannst du noch kämpfen?«

»Auf keinen Fall«, sagt jemand anderes. »Sie ist viel zu abgedreht. Damit wird sie zur Gefahr für uns alle.«

Ich hebe den Kopf und will denjenigen, der das gesagt hat, ärgerlich anstarren. Ich bin keine…

Ich stelle die Ohren auf, da ist ein neues Geräusch. Schritte in einiger Entfernung. Schweres Atmen. Schneller Herzschlag. Ich zähle die Personen, auch wenn das nicht leicht ist.

»Zwanzig«, murmele ich, weil ich irgendwie weiß, dass das wichtig sein könnte. Noch wichtiger als diese wohlschmeckende Blutquelle, auf der ich liege.

»Mist. Du, kleine Katze, geh zu Ryker und sag ihm, dass wir ihn brauchen. Ich weiß nicht, ob ich K2 unter Kontrolle halten kann, wenn ich kämpfen muss.«

Furcht ist aus seiner Stimmer herauszuhören, und das reicht mir, um aufzustehen und mich zu wandeln. Nein, ich glaube, die Wandlung kam zuerst, und dann stand ich auf. Alles ist ein bisschen verschwommen, aber das Gespür für die Gefahr treibt mich vorwärts, aus dem Labor hinaus und in den Flur. Sie kommen. Stürmen die Treppen hinunter, durch die Türen. Da sind sie. Zwanzig Männer, die nach süßer Katzenminze duften. Ich möchte sie aussaugen, aber zunächst muss ich meine Familie beschützen.

Ich sprinte in ihre Richtung, meine Füße berühren kaum den Boden, bis ich den ersten Angreifer erreiche. Sie zielen mit ihren Waffen nach mir, aber alles läuft wie in Zeitlupe ab – jedenfalls auf ihrer Seite. Sie sind langsam, und ich die Schnelligkeit in Person. Ich tauche unter ihren Schwertern hinweg und beiße eine Kehle nach der anderen durch. Meine Klauen zerreißen Gedärme und schneiden ins Fleisch, während meine Kiefer krachend Knochen bersten lassen. Bei einem nach dem anderen verstummt der Herzschlag. Einige regenerieren sich, bevor ich ihnen den Kopf abbeißen kann, aber insgesamt haben sie zu wenig Zeit dafür. Über kurz oder lang werden sie alle tot sein.

Einige ihrer Messer ritzen meine Haut, aber ich spüre den Schmerz nicht. Ich bin stärker als jeder von ihnen und noch dazu schneller. Ich bin ein Raubtier, und sie sind meine Beute. Eigentlich müssten sie das erkennen und ihre Waffen niederlegen, aber dafür fehlt es ihnen an Intelligenz. Sie wurden schließlich nicht dafür geschaffen, selbständig zu denken. Sie wurden für mich als Nahrungsquelle gemacht. Irgendetwas an diesem Gedanken scheint mir wichtig zu sein, aber ich habe noch keine Zeit, ihm länger nachzuhängen. Da sind noch mehr Leben zu beenden, Kehlen herauszureißen – und Blut zu trinken.

Bis sich meine Schwestern bei mir einfinden, sind nur noch zwei Angreifer übrig. Ich wende mich ab und überlasse sie ihnen. Ist doch nett von mir, sie sollen auch ihren Spaß haben. Unterdessen laufe ich zum Rest meiner Familie. Griffon steht an der Tür zum Labor, meine andere Schwester ist dicht hinter ihm. Sie riecht merkwürdig. Ich habe das vorher nicht so bemerkt, aber ihr Geruch hat eine faulige Komponente. Er ist zwar irgendwie wie meiner, aber verunstaltet, wie wenn jemand eine schöne Melodie nimmt, und Dissonanzen und andere störende Elemente hinzufügt. Ich reibe mich an Griffons Beinen und hätte gern meinen Kopf gestreichelt. Er tut es zwar, aber nur an einer kleinen Stelle zwischen meinen Ohren, nicht überall, wie ich das gerne hätte.

»Du solltest dich erst mal waschen«, sagt er. »Du bist voller Blut, und ich glaube, auf deinem Rücken liegt noch ein Stück Darm.«

Widerstrebend setze ich mich hin und lecke mir das Fell. Das Blut schmeckt nicht ganz so gut, als wenn es direkt aus der Ader kommt, ist aber immer noch appetitlich genug. Hinter mir sind keine Herzschläge mehr zu hören. Meine Schwestern haben die beiden letzten Mutanten getötet. Gut gemacht. Sie kommen zurück zu mir, gefolgt von weiteren Schritten. Ryker und Lennox. Ich erkenne sie sofort. Sie werden begleitet von leichtfüßigen Pfotengeräuschen verschiedener Katzen.

Der Lautsprecher im Labor rauscht erneut, bevor sich die nun schon bekannte Stimme meldet. »Ich bin beinahe beeindruckt. Vielleicht hätten wir dir schon früher diese Mengen an B4 Blut geben sollen. Das hat jedenfalls eine faszinierende Wirkung gehabt.«

»Kennst du ihn?«, flüstert Griffon.

»Nein«, antwortet Ivy, während ihre Schwester gleichzeitig »Vielleicht« murmelt.

»Nein«, miaue ich, was als lautes rollendes Knurren herauskommt, das die anderen sowieso nicht verstehen werden.

Griffon krault mich gedankenverloren am Kopf. Na endlich. Vielleicht sollte ich öfter knurren, um von ihm meine Streicheleinheiten zu bekommen.

Ryker und Lennox kommen ins Labor gestürzt, gefolgt von einer Horde Katzen. Einige von ihnen haben Blut im Fell; auch sie müssen in Kämpfe verwickelt gewesen sein.

Ryker starrt auf den Haufen Leichen auf dem Boden. »Ihr wart anscheinend beschäftigt. Und wer hat die Sauerei da draußen veranstaltet? Kat, nehme ich an?«

Ich grinse ihn an und zeige dabei meine scharfen Zähne. Seine Annahme ist korrekt.

»Sie ist zugedröhnt«, erklärt Griffon. »Zu viel Blut. Wir müssen sie von hier fortbringen, bevor sie etwas Dummes tut.«

Ich knurre. Mir dreht sich alles ein bisschen, aber ich erkenne immer noch eine Beleidigung, wenn ich sie höre.

Er nimmt keine Notiz von mir. »Und das hier ist K2. Ich habe sie mit meinem Sirenen-Lied fürs erste gezähmt, von ihr geht also momentan keine Gefahr aus. Was habt ihr unten angetroffen?«

Lennox zuckt mit den Schultern. »Eine Menge langweiliger Lagerräume. Ein paar Mutanten haben versucht, uns aufzuhalten, aber die waren kein Problem. Wir wollten gerade hochkommen, als Iris uns geholt hat.«

Die große gefleckte Katze miaut stolz, als sie ihren Namen hört.

»Was für eine rührende Zusammenkunft.« Die Lautsprecherstimme regt mich so langsam auf. Ich höre auf, mich zu lecken, stehe auf und knurre den Lautsprecher an. »Wie schade, dass ich euch alle töten muss. Aber ich freue mich auf die Autopsien eurer Körper. Ihr könnt stolz sein; ihr werdet die Wissenschaft einen großen Schritt voranbringen.«

Ich fauche und renne zur Tür, springe so hoch ich kann und erreiche gerade so den Lautsprecher. Meine Krallen sinken in das Metallteil und zerreißen es. Er landet mit befriedigendem Getöse auf dem Boden, gefolgt von ein paar Stückchen losem Mauerwerk. Huch.

»Danke Kat, du bist mir zuvorgekommen«, grinst Lennox. »Der Kerl hat einfach zu viel geredet. Wollen wir unseren Erkundungsgang fortsetzen?«

Ich muss gestehen, ich würde lieber hierbleiben und mich etwas entspannen – in der Nähe dieser blutenden Körper, die nur darauf warten, von mir ausgesaugt zu werden. Hunger habe ich keinen mehr, aber ein Nachtisch geht immer.

Plötzlich ist an den Türen ein Klicken zu hören.

Ryker rennt hinüber und drückt die Klinken. »Sie sind abgeschlossen!«

Ich begebe mich gemessenen Schrittes zu den Türen. Die werden mir nicht standhalten. Ich bin doch wohl stärker als zwei leblose Türen. Die haben nicht einmal Krallen.

Noch bevor ich mich gegen sie werfen kann, lässt mich ein zischendes Geräusch zur Decke hochschauen.

Blauer Rauch strömt aus kleinen Düsen in den Raum, von denen ich dachte, sie dienten dem Brandschutz und würden im Notfall Wasser versprühen.

»Gas!«, schreit Griffon. »Wir müssen hier raus.«

Lennox holt ein paar Dietriche aus einer im Kragen versteckten Tasche. Ist immer wieder schön zu sehen, dass er seine Pfeile und Werkzeuge an derselben Stelle aufbewahrt wie ich. Das verbindet uns zusätzlich. Er rennt zu den Türen, kniet sich davor nieder und macht sich an die Arbeit. Ich denke ja immer noch, ich sollte mich einfach gegen die Türen werfen und die Sache erledigen, aber irgendwie sind die anderen nicht meiner Meinung.

Der Rauch hat sich mittlerweile an der gesamten Decke verteilt und schwebt nun langsam nach unten. Er bewegt sich nicht schnell, wird uns aber bald erreicht haben. Angesichts der Gefahr werden meine Gedanken wieder etwas klarer. Wir müssen hier schnellstens raus. Ja, das hat Griffon auch schon gesagt, aber ich habe ein bisschen gebraucht, bis ich seine Worte wirklich verarbeitet habe.

Ryker hustet. »Bin mir nicht sicher, was das ist, aber sicher nichts Gutes. Haltet euch ein Stück Stoff vor den Mund.«

Dann zieht er sein Hemd aus und reißt es in Stücke. Dabei hätte ich ihm helfen können. Seine nackte Brust lässt mir das Wasser im Munde zusammenlaufen. Er sieht so toll aus, zum Abschlecken. Ich hoffe beinahe, dass sein Hemd nicht ausreicht und er auch noch die Hosen ausziehen muss.

Er händigt den anderen Stofffetzen aus und sie folgen seinem Beispiel und winden sie sich um den Kopf, so dass der untere Teile des Gesichts bedeckt ist. Sie sehen jetzt alle wie Räuber aus. Allerdings haben sie K2 vergessen, die mit ausdruckslosem Blick etwas abseits der Gruppe steht.

Ich reiße Ryker das letzte Stück Stoff aus der Hand und gehe hinüber zu K2. Sie reagiert nicht. Dumme Schwester.

»Guter Gedanke«. Griffon nimmt mir den Lappen ab und bindet ihn K2 über Mund und Nase. »Lennox, wie weit bist du mit der Tür?«

»Nicht sehr weit, da ist ein Mechanismus eingebaut, der sich ständig verändert. Wenn ich fast soweit bin, kommt die nächste Änderung. Ich versuche, ein Muster zu erkennen, aber bisher ohne Erfolg.«

»Beeil dich«, hustet Ryker. Der Rauch ist jetzt so tief gesunken, dass er die Köpfe der anderen erreicht hat.

Sie gehen alle in die Hocke, selbst K2, nachdem Griffon ihr die Anweisung gegeben hat. Sie ist wie eine Marionette, deren Fäden man erst ziehen muss, damit sie irgendetwas tut.

Ich laufe auf und ab und kann meine Ungeduld nur schwer zügeln. Lennox soll endlich die Türen öffnen. Dieser blaue Nebel beunruhigt mich zutiefst. Ob ich noch etwas Blut trinken sollte, um meine Nerven zu beruhigen? Ja, das klingt gut. Ich nehme die nächstgelegene Leiche und lecke von dem Blut, das noch aus ihrem Hals sickert. Der Kopf liegt woanders, das fühlt sich also an, als würde man aus dem Wasserhahn trinken. Sobald ich die ersten Schlucke genommen habe, wird die Welt zu einem viel schöneren Ort. Die Farben sind kräftiger. Dieses Labor ist wunderschön. Und dieser Rauch ... einfach toll.

»Oh nein, sie hat schon wieder Blut getrunken«, stöhnt Ivy und hustet ein paarmal. »Ist sie immer so dumm, wenn sie Panther-Gestalt hat?«

Ich knurre warnend und zeige drohend meine Fangzähne. Blut tropft vom Fell auf mein Gesicht. Solch eine Verschwendung.

»Mir ist schlecht«. Vier setzt sich auf den Boden, ihr Gesicht ist weiß unter der Gesichtsbedeckung.

»Lennox, nun mach schon«, ruft Griffon. »Das Zeug wird uns vergiften.«

Jetzt reicht mir's. Ich renne zu den Türen und werfe mich dagegen, kann gerade so Lennox ausweichen. Sie rühren sich nicht. Ich fauche und tue es wieder, und wieder. Das Metall ächzt unter meinem Ansturm, aber die Türen halten.

»Das bringt nichts. Lass mich weiter probieren«, sagt Lennox hustend.

Ich sehe mich in dem Raum um. Die anderen sitzen alle auf dem Boden, sind blass und können sich nur noch langsam bewegen. Das Gas beeinträchtigt sie stark. Ich spüre noch nichts. Vielleicht liegt es daran, dass ich mich gewandelt habe. Ich renne zu Ryker und stoße ihn am Bein an

»Wandle dich«, fordere ich ihn auf.

Zum Glück versteht er mich. »Ich kann nicht. Ich

hab's versucht. Was auch immer sie für ein Gift verwenden, es verhindert eine Wandlung.«

»Bei uns auch«, hustet Ivy mit schwacher Stimme. Ihre Augenlider flattern, sie kann sie nicht länger offenhalten. Ihre Schwester ist schon bewusstlos, und die anderen stehen kurz davor, das Bewusstsein zu verlieren. Ihr Husten wird schwächer.

Verdammt. Das ist der GAU. Ich muss etwas unternehmen, bin die einzige, die noch bei Sinnen ist. Die anderen brauchen mich.

Und plötzlich ist alles glasklar. Ich weiß, was ich tun muss.

ZEHN

Ich höre, wie ihr Herzschlag schwächer wird, der Atem immer flacher. Dieses Gas tötet meine Familie, meine Freunde. Sogar die Katzen spüren es, miauen mitleiderweckend und drängen sich zusammen, als ob die Nähe sie retten könnte.

Lennox sinkt langsam zu Boden, ein Häufchen Elend. Ich stoße ihn mit der Pfote an, aber er reagiert nicht. Scheiße. Ich muss etwas tun, bevor es zu spät ist.

Vor der Wand rechts neben den Türen stehen Regale; es ist ein Leichtes, sie zu demolieren und so die Mauer dahinter freizulegen. Als ich den Lautsprecher auseinandergenommen habe, hat sich gezeigt, wie wenig stabil die Mauer ist, an der er angebracht war. Wenn ich Glück habe, ist sie so baufällig, dass ich sie einreißen kann.

Ich mache ein paar Schritte zurück und sammle alle Kraft, die in mir steckt. Ich bin froh, dass ich all das Blut getrunken habe, so stark habe ich mich noch nie im Leben gefühlt.

Ich nehme Anlauf, springe und stoße gegen die Wand. Meine Krallen hinterlassen tiefe Spuren im Putz. Es tut weh, aber ich mache weiter, wieder und wieder. Jedes Mal fallen Zementteile zu Boden. Wahrscheinlich habe ich mir ein oder zwei Rippen gebrochen, den Schmerzen in meiner Seite nach zu urteilen, aber ich kann jetzt nicht aufhören. Das wird heilen.

Ich reiße an der Mauer. Ein scharfer Schmerz schießt durch meine linke Pfote. Mist, ich habe mir eine Kralle abgebrochen, aber da, wo sie im Mauerwerk steckt, ist ein kleines Loch zu erkennen. Endlich. Ich benutze meine rechte Pfote wie eine menschliche Faust und stoße gegen die Wand – und breche, in eine Staubwolke gehüllt, durch. Frische Luft strömt mir entgegen, und ich atme tief ein. Und muss sofort husten, der Staub! Das war nicht sehr schlau, Kat.

Ich drücke mit aller Kraft gegen die Ränder des Lochs und erweitere es, bis es groß genug ist, dass ich hindurchlaufen kann, ohne an den zackigen Kanten hängenzubleiben. Lennox hat als letzter das Bewusstsein verloren, also ziehe ich ihn als ersten hinaus, indem ich sein Bein vorsichtig mit dem Maul packe. Ich kann dennoch nicht verhindern, dass meine Zähne an einigen Stellen seine Haut durchbohren, aber besser ein paar kleine Löcher, als tot zu sein.

Ich ziehe ihn den halben Korridor entlang, bis dahin, wo die Luft normal zu sein scheint. Wenn ich Glück habe, wird er sich schnell genug erholen, um mir bei der Rettung der anderen helfen zu können. Dann renne ich zurück ins Labor, wo die blauen Dampfschwaden die Sicht behindern. Ich lausche auf die Herzschläge. Den Katzen geht es am schlechtesten, ihre kleinen Herzen schlagen kaum noch. Ich kann drei von ihnen auf einmal am Nackenfell nach draußen transportieren. Fünfmal laufe ich so hin und her, bis alle Katzen evakuiert sind. Als ich die letzten bei Lennox ablade, beginnt er gerade, sich etwas zu bewegen. Gut so, er ist dabei, sich zu erholen. Anscheinend hält die Wirkung des Gases nicht lange an, wenn man ihm nicht mehr ausgesetzt ist.

Vier ist als nächstes an der Reihe. Ihr Herz flattert schwach. Es würde mich nicht überraschen, wenn es gleich ganz aussetzt. Als ich sie sanft neben Lennox absetze, sitzt er schon aufrecht und sieht zwar noch mitgenommen aus, aber nicht mehr so blass.

»Wie hast du...«. Sein Blick fällt auf das Loch in der Wand. »Ah!«

Ich grinse ihn an, aber es ist keine Zeit zu verlieren. Ich renne hin und her, bis Ivy, K2 und Griffon alle in Sicherheit sind. Lennox nimmt ihnen die Stoffbande ab und hilft ihnen, sich aufzurichten, wenn sie aus ihrem durch das Gift verursachten Schlaf erwachen.

Ryker ist der letzte. Sein Herzschlag war am stärksten, als ich mich entscheiden musste, in welcher Reihenfolge ich die anderen retten würde, aber jetzt, wo ich seinen Oberarm ins Maul nehme, hört er auf zu atmen. Sekunden später schlägt sein Herz ein letztes Mal. Ich gerate in Panik. Er ist tot. Ich muss ihm helfen, aber hier, umgeben von giftigen Gasen, kann das nicht gelingen.

Ich ergreife seinen Arm und ziehe ihn so schnell wie möglich nach draußen. Sein Körper stößt gegen Tische und Stühle, aber egal. Sobald wir aus dem Raum raus sind, wandle ich mich. Eigentlich dürfte das nicht möglich sein, nach so kurzer Zeit, in der ich alle meine Energie verbraucht habe, aber ich tue es instinktiv. Es tut weh, aber das ist nichts gegen das, was ich im Herzen spüre, wenn ich in sein lebloses Gesicht schaue.

Ich beuge seinen Kopf sanft nach hinten, halte ihm mit zwei Fingern die Nase zu und drücke dann meinen Mund auf seinen. Ich gebe ihm meinen Atem, mein Leben. Ich würde alles tun, um ihn zurückzuholen.

Noch einen Atemzug, dann beginne ich mit der Herzmassage. Man hat uns bei der Meute Wiederbelebungsmaßnahmen beigebracht, auch Erste Hilfe. Als Auftragskiller erleidet man schließlich oft Blessuren. Aber ich musste das im wirklichen Leben noch nie anwenden. Die Meute machte uns zu einsamen Jägern, die selten zusammenarbeiteten, wir sahen also nie, wenn einer von uns getötet wurde. Wenn ich könnte, würde ich gerade eine ganze Reihe Leute umbringen, nur um an ihnen Wiederbelebung zu üben.

Noch zwei Atemzüge. Seine Lippen werden kalt.

Weiter mit der Herzmassage.

Ich nehme am Rande wahr, dass die anderen näherkommen, konzentriere mich aber voll auf Ryker.

Eins. Zwei. Drei. Vier. Fünf.

Bitte, Ryker, wach auf.

Mein Mund auf seinem. Atme. Atme.

Sein Brustkorb hebt sich, aber das ist nur mein eigener Atem, der da hineinströmt.

Komm schon, Ryker. Du kannst das. Verlass mich nicht.

Eins. Zwei. Da-damm. Sein Herz schlägt. Und hört wieder auf. Aber es hat von selbst angefangen, das lässt mich hoffen. Drei. Vier. Fünf.

Da-damm. Da-damm.

Es schlägt weiter, und dann atmet er zum ersten Mal rasselnd ein. Ich könnte ihn küssen! Er ist ein Kämpfer und hat gerade den Tod besiegt. Das können nicht viele Leute von sich sagen.

Lennox legt mir die Hände auf die Schultern, und ich lasse mich gegen seine Beine zurückfallen. Ich bin erschöpft. Das Adrenalin verflüchtigt sich aus meinen Adern und lässt mich müde zurück. Mir tut alles weh, am schlimmsten die linke Seite. Ich wünschte, wir könnten jetzt alle nach Hause gehen und uns erholen, aber diesen Luxus können wir uns noch nicht leisten. Wir müssen noch diesen Wissenschaftler finden und töten. Dazwischen ein bisschen Folter eingeschoben. Oh ja, er soll leiden.

Griffon bleibt bei K2, Ryker und einem Großteil der Katzen. Ryker ist noch nicht bei Bewusstsein, aber sein Herz schlägt jetzt wieder regelmäßig. Ich lasse ihn sehr ungern so zurück, weiß aber, dass Griffon alles tun wird, um meiner Lieblingskatze beizustehen, obwohl er selbst noch verletzt ist. Sobald Ryker aufwacht, sollen sie das Gebäude verlassen und nach Hause zurückkehren. Ich wünschte, wir könnten das Labor durchsuchen, aber der blaue Rauch wabert noch immer von der Decke. Wir haben Ryker ans Ende des Flurs gebracht, so weit weg von den Dämpfen wie irgend möglich. Sollten sie sich weiter ausbreiten, können Griffon und K2 gemeinsam Ryker an einen sichereren Ort bringen.

Lennox, die Zwillinge und ich kehren zum Treppenaufgang zurück und machen uns auf den Weg ins nächste Stockwerk. Es sieht genauso aus wie das darunterliegende. Viele Reihen kleiner Büros mit einer großen Doppeltür am Ende des Korridors. Hoffen wir mal, dass nicht das gesamte Gebäude so aufgebaut ist. Es würde Ewigkeiten dauern, jedes einzelne Büro zu durchsuchen. Zum Glück sind wir keine einfachen Menschen und verfügen über bessere Sinne.

»Da ist jemand über uns«, flüstert Ivy.

Ich lausche angespannt. »Drei Personen«, sage ich nach einer kleinen Weile. »Zwei davon Mutanten.«

Inzwischen fällt es mir leicht, sie von anderen zu unterscheiden. Ihre Herzen schlagen schneller, aber ihr Atem geht etwas langsamer als der von Menschen oder Wandlern.

»Hoffen wir mal, dass das der Kerl ist, den wir suchen«. Lennox reibt sich den Nacken. »Ich überlege, ob ich mich wandeln soll. Ihm die Kehle durchzubeißen erscheint mir reizvoller, als ihn abzustechen.«

Vier zieht ein Fläschchen aus der Tasche. »Ich

schlage vor, ihn zu vergiften. Das passt doch wunderbar.«

Ich nehme es ihr ab und schnüffele daran. Luftgetrocknete Äpfel mit einem Hauch Fenchel. »Tochters Rache?«

Sie zuckt mit den Schultern. »Eines meiner Lieblingsgifte. Langsam und schmerzhaft.«

»Ich weiß, hab's auch ein paarmal eingesetzt. Nicht das eleganteste Gift, aber sehr wirksam. Wir sollten ihn aber erst zum Reden bringen. Er nützt uns nichts mehr, wenn er Schaum vor dem Mund hat oder seine Kehle in Fetzen hängt.«

Lennox kichert. »Du scheinst endlich wieder bei Verstand zu sein. Ist das die Wirkung des Gifts?«

Ich stoße ihm den Ellbogen in die Rippen. »Nein, dass du in Gefahr warst, hat schon gereicht.«

»Du musst uns später noch erklären, was da drinnen passiert ist«, beschwert sich Vier. »Du hättest uns schon vorher von deinem kleinen Problem erzählen müssen.«

»Meinem Problem?«, schnaube ich. »Ich habe kein Problem«.

»Es ist also kein Problem, wenn einem das Blut von Toten einen mächtigen Rausch gibt?« Sie stemmt die Hände in die Hüften und starrt mich an. »Du hast uns mit deinem Verhalten alle in Gefahr gebracht.«

Ich fletsche die Zähne, bevor ich mich beherrschen kann. »Wie viele von den Brutalos hast du getötet? Fünfundzwanzig wie ich? Also sei still und beschwer dich nicht.«

Sie schürzt die Lippen, sagt aber nichts.

Ich beachte sie nicht weiter, sondern laufe die Treppen hinauf zu dem Stockwerk, wo die drei sich verstecken. Hier sind die Büros anders angelegt als in den beiden ersten Etagen. Ja, es gibt wieder einen langen Flur, aber Glastüren führen von ihm in offene Konferenzräume, nicht kleine Bürozellen. Am Ende des Korridors ist die bekannte Doppelflügeltür, die aber offensteht. Nicht ein weiteres Labor, hoffe ich. So langsam ist mir nach etwas Abwechslung. Und hoffentlich kein weiteres Gift.

Die für mich hörbaren Herzschläge führen mich zu einer der Türen auf der rechten Seite. Meine Kameraden folgen dicht hinter mir und haben ihre Waffen gezogen. Meine Messer bereit, nähere ich mich den Milchglasscheiben der Tür. Ich kann sie nicht sehen, aber ich höre ihre Atemzüge dahinter. Das sind die Leute, die wir suchen, kein Zweifel.

»Fertig«, flüstert Lennox.

Ich nicke und stürme ohne weiteres Federlesen in den Raum. Blitzschnell erkenne ich die Lage. Zwei Schlägertypen schützen einen blonden Mann. Ich meine ihn zu kennen, habe jetzt aber keine Zeit, darüber nachzudenken, wo ich ihm schon begegnet bin. Ob er derjenige ist, der uns über den Lautsprecher angesprochen hat? Ich muss ihn zum Reden bringen um sicherzugehen.

Seine Beschützer greifen nicht an, also tue ich es auch nicht. Ich will erst wissen, was es mit all dem hier auf sich hat, bevor ich sie aufschlitze.

»Ihr solltet nicht am Leben sein«, sagt der Mann. Ja, das ist seine Stimme. Sie klingt älter, als seinem Aussehen entspricht. Seine blonden Haare reichen fast bis zu seinen grauen Augen. Für einen Siron sieht er recht attraktiv aus. Ich wette, etliche Frauen würden bei sich bietender Gelegenheit gern die Nacht mit ihm verbringen. Männer auch. Er trägt einen eng anliegenden schwarzen Anzug, während die beiden Aufpasser mit T-Shirts und Jeans bekleidet sind. Das scheint die hier übliche Uniform zu sein.

»Nun gut, sind wir aber. Wer bist du?«

Ich kann gerade noch ein Knurren unterdrücken. Vorläufig will ich nicht zu wild erscheinen. Bis ich ihn foltern werde. Darauf freue ich mich schon.

»Ich will euch in dieser Hinsicht lieber im Dunkeln lassen. Wir haben uns solche Mühe gegeben, eure Erinnerungen auszulöschen. Es wäre doch schade, das jetzt zu ändern.«

Ich werfe mich nach vorne, schneller als je zuvor, und steche meine Messer in die Nacken seiner Bodyguards. Sie stürzen zu Boden, und bevor sie sich wieder aufrappeln können, stehen die Zwillinge neben mir und schneiden je einem den Kopf ab. Ich nicke ihnen anerkennend zu. Wir sind ein tolles Team.

Der Mann wischt sich ein paar Blutspritzer von seinem hübschen Gesicht. »Das war nicht nötig.«

Ich lache ihn aus. »Oh doch, war es. Jetzt frage ich dich zum letzten Mal – wer bist du?«

»Jemand, der großes Interesse an dir hat. Sehr großes sogar. Um genau zu sein, verfolge ich euch drei schon seit dem Beginn meiner Karriere als einer von Professor Lakefields Studenten.«

Jetzt weiß ich, wo ich ihn schon gesehen habe. Dieser andere Wissenschaftler hat mir doch Fotos gezeigt, als ich dort gefangen gehalten wurde. Eines zeigte einen blonden Mann, die jüngere Ausgabe dieses Sirons.

»Wieso können wir uns nicht an dich erinnern?«, frage ich ihn und wirbele meine Messer in den Händen, um ihn etwas gefügiger zu machen.

»Weil wir euch manipuliert haben. Wir haben euch so beeinflusst, dass ihr all die kleinen unschönen Momente vergessen habt, die wir miteinander erlebt haben. Es war besonders wichtig bei dir, K1, dass du dich nicht wie eine Laborratte fühlst. Indem wir alle Erinnerungen an die Tests und Experimente, die wir mit dir gemacht haben, auslöschten, kam dir immer alles wie beim ersten Mal vor. Auf diese Weise haben wir eine Vergleichslinie geschaffen, von der ausgehend wir deine Reaktionen auf unterschiedliche Experimente beobachten konnten.«

»Aber was genau habt ihr getan?«, schreie ich jetzt beinahe. Ich bin den Antworten so nah, aber es scheint, als müsste ich jede einzelne aus ihm herauskitzeln. Warum kann in meinem Leben nicht irgendetwas einfach sein, verdammt nochmal!

»Damit würde ich alles verraten«. Er lacht, sieht mich dabei aber verächtlich an. »Sollen wir ein Spiel spielen?«

»Ich erinnere mich, dass er das immer gesagt hat«, flüstert Vier.

Der Siron wendet sich an sie. »Du erinnerst dich, mein kleiner Engel? Was weißt du noch von unseren Treffen?«

Kleiner Engel? Ich würde ihm am liebsten ins Gesicht schlagen. Vier ballt die Hände zu Fäusten, verspürt anscheinend denselben Drang.

»Ich erinnere mich nicht wirklich«, gibt sie zurück. »Aber ich will, dass du mir sagst, was du mit mir angestellt hast. Mit uns allen. Das bist du uns schuldig.«

Er lacht. »Ich bin euch etwas schuldig? Das glaube ich nicht. Ihr habt uns nur Probleme bereitet. Seid weggelaufen, habt unsere Leute umgebracht und seid jetzt dabei, mein letztes noch verbliebenes Labor zu ruinieren. Das spricht nicht gerade für euch, oder? Wenn ich euch etwas sagen soll, will ich vorher Zusicherungen haben.«

Glaubt der wirklich, wir würden ihn am Leben lassen? Gut, kann er tun. Aber das wird nicht geschehen. Ich werde ihn umbringen, sobald ich alle Antworten habe.

»Ich verspreche, dass wir dich laufenlassen, wenn du uns alles gesagt hast«, lüge ich. Ich bin eine gute Lügnerin, aber er glaubt mir nicht.

»Netter Versuch. Ich will einen von euch als Geisel. Mit Halsband versehen. Ich werde sie freilassen, sobald ich aus der Stadt raus bin; dann könnt ihr sie holen.«

»Auf keinen Fall«, knurre ich. »Du wirst nie wieder einem von uns ein Halsband umlegen. Aber vielleicht sollte ich dir eines anlegen. Was würde da wohl passieren?«

Sein Gesicht bleibt unbewegt, aber sein Herzschlag beschleunigt sich. Interessant. Davor hat er Angst.

Ich grinse. »Lennox, könntest du uns bitte mal ein Halsband besorgen?«

»Immer zu Diensten«. Er lacht leise und verlässt den Raum. Ich vergesse immer, dass auch Lennox mit der Meute ein Hühnchen zu rupfen hat. Er wurde zwar nicht geklont und war nicht Ziel ihrer Experimente, aber er war während fast seiner gesamten Kindheit ihr Gefangener. Sie haben ihn missbraucht, zu einem Killer gemacht. Wer weiß, wie er geworden wäre, hätte er die Chance gehabt, außerhalb der Meute aufzuwachsen.

»Du kannst mir kein Halsband umlegen«, protestiert der Siron. »Das wird nicht funktionieren.«

Er zuckt dabei mit den Augenlidern, was mir den nötigen Hinweis gibt.

»Rede. Dies ist deine letzte Chance. Fangen wir mal mit deinem Namen an.«

»Shaun«, sagt er seufzend. »Shaun Jayden.«

»Was ist hier deine Funktion, Shaun?«, frage ich.

»Ich bin verantwortlich für das Projekt Indigo.«

Ich stöhne. »Von jetzt an möchte ich, dass du die Fragen in allen Einzelheiten beantwortest. Ich will dir nicht jede Antwort aus der Nase puhlen.«

Er lächelt verächtlich. »Du bist uns so gut gelungen. Jedenfalls teilweise. In anderer Hinsicht bist du ein totaler Fehlschlag.«

Ich beachte ihn nicht. »Was bedeutet Projekt Indigo?«

»Die Zukunft. Nicht nur für Wandler, sondern für uns alle. Sirenen, Succuben, andersartige Wesen. Wir werden die Welt regieren. Im Moment arbeiten wir noch im Verborgenen, aber mit der Macht, die uns Indigo geben wird, können wir das ändern.«

»Was für eine Macht?«, frage ich und fürchte mich vor der Antwort.

»Eure. Mit ein paar Verbesserungen, natürlich. K9 und K10 waren schon fast perfekt. Du warst der Prototyp, da können wir kaum erwarten, dass du den Vorgaben schon entsprichst.«

»Was für Vorgaben?«, unterbricht Ivy.

»Stärke. Beweglichkeit. Selbstheilungskräfte. Ausdauer. Intelligenz. Gehorsam.«

Ich muss bei dem letzten der Begriffe lachen. »Jetzt weiß ich, warum ich durchgefallen bin.«

Er starrt mich böse an. »Du solltest nicht so stolz darauf sein. Vielleicht hättest du etwas länger leben dürfen, wenn du etwas gehorsamer gewesen wärst.«

»Dürfen?«, wiederhole ich. »Ich brauche niemanden, der mir erlaubt zu leben. Das ist total ... verrückt. Du bist verrückt.« Ich hole tief Luft, damit ich nicht vollkommen die Beherrschung verliere. »Was für eine Funktion hat die Droge?«

»Was für eine Droge?«

Ich nehme eine der Fläschchen aus meiner Tasche. Dem Himmel sei Dank für den seltenen Zauber, der es mir erlaubt, bei einer Wandlung meine Kleidung anzubehalten, einschließlich all der Dinge in meinen Taschen.

»Diese Droge. Wir wissen, dass sie uns verabreicht wurde. Wozu?«

»Nimm sie doch und finde es heraus.« Er sieht mir herausfordernd in die Augen. »Oder hast du etwa Angst?«

»Warum sollte ich das tun, wenn ich dich doch einfach zwingen kann zu reden?«, entgegne ich. »Du hast uns diese Droge gegeben, um uns zu perfekten Waffen zu machen. Darum geht's hier doch, oder? Uns in Soldaten zu verwandeln, damit ihr an der Macht bleiben könnt?«

»Du denkst in viel zu kleinen Dimensionen«, lacht er verächtlich. »Wir wollen nicht nur mehr von deiner Art produzieren. Wir wollen jeden in jemanden wie dich verwandeln. Das ist der nächste Schritt in dem Projekt. Labore in anderen Städten arbeiten schon daran. Nur, weil du unseres zerstört hast, heißt das noch lange nicht, dass es damit vorbei ist. Mein Tod wird das nicht aufhalten. Wir sind überall, und wir werden siegen.«

Ich möchte ihm so gern eine reinhauen, aber das wäre ein schlechtes Beispiel für meine Schwestern. Ihre Anspannung ist sichtbar; sie müssen sich sehr beherrschen, ihn nicht anzugreifen.

»Glaub mir, du willst nicht, dass alle Leute so werden wie ich, wie wir hier. Wir eignen uns überhaupt nicht als Sklaven.«

Er lacht verächtlich. »Ihr habt doch K2 gesehen?

Wenn jeder wie sie wäre, hätten wir nicht nur hervorragende Arbeiter, sondern obendrein fantastische Soldaten. Sie braucht nicht einmal ein Halsband. Sie tut auch so alles, was wir wollen. Sie ist so konditioniert, dass sie nur Sirenen gehorcht. Weshalb sie in diesem Moment auch eure Freunde angreift.«

ELF

Ich laufe aus dem Zimmer, denn die Zwillinge werden gut auf Shaun Jayden aufpassen. Und wenn ich aufpassen sage, schließt das ein bisschen Folter ein. Dieser Mensch ist durch und durch böse.

Lennox begegnet mir auf der Treppe und hat ein Halsband in der Hand. »Lege es ihm um, er soll für das alles bezahlen«, rufe ich im Vorbeirennen und nehme dabei wieder zwei Stufen auf einmal.

Griffon und die anderen halten sich nicht mehr in dem Flur auf, wo wir sie zurückgelassen haben. Das bedeutet, dass sie auf dem Nachhauseweg sind. Oh nein! Ich sprinte durch die leere Eingangshalle und hinaus in die Nacht. Wolken haben sich wie eine Decke vor die Sterne geschoben und lassen alles viel düsterer erscheinen. Ich folge der Geruchsspur meiner Freunde. Diesmal haben sie nicht den Weg über die Dächer genommen; sie gehen die Straßen entlang. Mich wundert, dass Ryker überhaupt schon wieder gehen kann, vielleicht trägt Griffon ihn aber auch. Ryker war schließlich tot. Richtig tot. Mein Herz krampft sich bei dem Gedanken zusammen. Ich will ihn nicht verlieren. Er ist zu wertvoll für mich. Das ist mir jetzt so richtig klar geworden. Eigentlich hätte ich früher darauf kommen müssen. Wenn wir wieder zu Hause und in Sicherheit sind, werde ich es ihm sagen.

Entfernte Schreie lassen mich noch schneller laufen. Ich könnte mich wandeln, aber meine menschliche Gestalt erscheint mir doch von größerem Nutzen zu sein. Außerdem traue ich meinem Körper nicht mehr so wie früher. Ich könnte in einer Gestalt steckenbleiben oder nur eine halbe Wandlung erreichen. Deshalb bleibe ich lieber Mensch, zehre aber so viel wie möglich von der neuen Kraft in mir, so dass ich mich mit größerer Energie fortbewegen kann.

Ich biege um eine Ecke und sehe den Schlamassel. Ryker liegt am Boden, wieder anscheinend leblos. Griffon kämpft mit K2, sein Schwert saust durch die Luft, während drei Katzen am Bein meiner Schwester hängen. Stormy sitzt auf Rykers Brust, ihre Haare stehen in alle Richtungen zu Berge und ihr Rücken ist gekrümmt. Sie ist bereit, ihre Familie zu verteidigen. Gutes Kätzchen. Aber jetzt bin ich hier.

»K2!«, rufe ich so laut ich kann. »Komm her und kämpfe mit mir!«

Ich will das nicht unbedingt, aber Griffon sieht erschöpft aus und braucht eine Pause. Vielleicht kann er

K2 wieder kontrollieren, wenn er nicht gleichzeitig um sein Leben kämpfen muss.

K2 sieht mich ausdruckslos an, und einen Moment lang bin ich nicht sicher, ob sie den Köder schlucken wird. Dann knurrt sie und stürzt auf mich zu, die ausgefahrenen Klauen an den Händen vorgestreckt. Mit diesen messerscharfen Krallen braucht sie keine anderen Waffen. Ich will sie nicht ernsthaft verletzen, aber sie kennt solche Zurückhaltung nicht. Ich ziehe meine Messer und nehme eine Verteidigungsstellung ein. Nun mach schon, Griffon, halte sie auf. Mit einem wilden Knurren springt sie hoch, ihre Klauen auf mich gerichtet. Ich rolle mich zur Seite ab und kann mit Mühe ihrem Angriff ausweichen. Sie setzt fauchend auf und duckt sich, eine Katze bereit zum Sprung.

»Hör auf damit, wir können dir helfen. Du musst nicht mit mir kämpfen.«

Sie reagiert überhaupt nicht auf meine Worte. Damit hatte ich auch nicht gerechnet, aber es war einen Versuch wert. Sie greift erneut an, ich wehre ihre Klauen mit meinen Messern ab, bleibe aber weiter in der Defensive. Immer wieder weiche ich ihr aus, indem ich mich fallen lasse und mich auf eine Seite drehe. Sie wirkt zunehmend frustriert, aber ich werde sie nicht meinerseits angreifen. Ich will nur Zeit gewinnen. Aus den Augenwinkeln sehe ich, wie Griffon sich auf uns zu bewegt. Ich hoffe, er wird erneut versuchen, sie unter Kontrolle zu bekommen. Ich weiß nicht, wie lange ich ihr noch standhalten kann. Jeder von mir parierte Angriff macht sie wütender. Speichel fliegt aus ihrem Mund, während ich um sie herum tanze, in sicherem Abstand von ihren Klauen. Mit denen könnte sie mich aufspießen. Ich frage mich, ob sie ihr wehtun. Sie sind länger als meine Panther-Krallen, und das will etwas heißen. Shaun Jaydon hat Recht, sie ist eine furchterregende Waffe. Nur mit einer von ihrer Sorte zu kämpfen ist schlimm genug, wie sähe das erst mit einer ganzen Armee aus! Keiner wäre mehr sicher. Ein weiterer Grund, die Sirenen und die Meute aufzuhalten.

Griffon fängt an zu singen, und ich fühle mich sofort etwas leichter. Als ob eine Last von mir genommen wird. Die Melodie tröstet und umarmt mich, berührt sanft mein Herz. Ich möchte mich daran anlehnen, meine Augen schließen und sie in meine Seele fließen lassen, aber K2 hat noch nicht aufgehört zu kämpfen. Sie wird allerdings langsamer, und ihre Augen zeigen nicht mehr dieselbe Konzentration. Griffons Lied wirkt auch auf sie, reicht aber nicht aus, sie vollständig aufzuhalten. Verdammt. Ich möchte wetten, das hat der Wissenschaftler bewirkt. Sein Einfluss auf sie muss stärker sein als Griffons. Keine Ahnung, wie er das aus dieser Entfernung schafft, aber er bringt K2 dazu, mich weiter anzugreifen. Das Lied macht auch mich langsamer, und diesmal weiche ich nicht schnell genug aus. Ihre Krallen reißen mir den Arm auf, Blut spritzt aus der Wunde. Ich schreie auf vor Schmerzen und taumele zurück, halte mir den Arm. Die Risse sind tief, ich meine, den Knochen zu sehen. Dafür werde ich Shaun umbringen. Er hat meine Schwester dazu gebracht, mich zu verletzen. Das ist unverzeihlich.

Griffon singt lauter, nimmt mir etwas von den Schmerzen. K2 hält sich die Ohren zu, will offensichtlich versuchen, der Wirkung der Musik zu entgehen. Glücklicherweise ist Griffon stärker. Sie bewegt sich nicht mehr, bleibt wie angewurzelt stehen, während ihre Krallen immer noch auf mich zielen. Er singt weiter, ich kann beinahe die Worte verstehen, die sie auf ihrem Platz festhalten, an den er sie fesselt. Ich würde sie bemitleiden, wenn ich nicht solche Schmerzen hätte.

Er lässt die Melodie auf einer wunderschönen tiefen Note ausklingen und eilt dann zu mir.

»Wie schlimm ist es?«

»Die Wunde ist tief, aber ich komme damit klar. Hast du noch einen von diesen Stoffstreifen?«

Er reicht mir einen der Hemdfetzen und hilft mir, ihn um den Arm zu wickeln. Ich zucke jedes Mal zusammen, wenn er die Wunde berührt. Das Blut sickert sofort durch den Stoff, aber dagegen können wir im Moment nichts unternehmen. Ich muss zu den Zwillingen zurück und Ivy den Arm lecken lassen. Der Gedanke daran ist mir unangenehm. Irgendwie ist diese Fähigkeit schon eklig. Ich lecke auch gern mal andere Leute ab, aber ... wie dem auch sei.

»Du solltest dich hinsetzen, siehst blass aus«. Griffon legt mir sanft die Hände auf die Schultern und zwingt mich, mich zu setzen. Er weiß sicher, dass ich das sonst nicht getan hätte.

»Ich muss zurückgehen«, protestiere ich. »Wir haben den Verantwortlichen gefunden. Ich brauche noch Antworten. Er hatte gerade angefangen, uns Informationen zu geben, sagte dann aber, er hätte die Kontrolle über K2 übernommen. Was ist passiert?«

»Ich hatte sie nicht mehr richtig festgehalten«, erklärt er mit bedauerndem Seufzen. »Ich dachte, sie sei uns sicher, besonders, nachdem wir das Gebäude verlassen hatten. Sie ging problemlos neben uns her, deshalb war ich nicht mehr so wachsam. Plötzlich wuchsen ihr wieder Klauen, und sie griff uns an. Sie sagte kein Wort, hieb nur nach mir aus. Ich ließ Ryker fallen, um mich zu verteidigen, aber es war gut, dass du gerade in diesem Moment erschienen bist. Sie gewann immer mehr die Oberhand. Kämpfen ohne den Gegner verletzen zu wollen macht keinen Spaß.«

»Da sagst du mir nichts Neues. Wenn dieser Spuk hier vorbei ist, müssen wir zusammen einen schönen Auftragsmord ausführen. Ein bisschen hemmungsloses Töten.«

»Abgemacht.«

Griffon setzt sich zu mir. Schweißperlen stehen auf seiner Stirn. Er wurde schließlich ebenfalls verletzt, auch wenn das schon eine Weile her ist. Wir brauchen alle Ruhe und Erholung. Aber jetzt noch nicht. Wenn mir nur der Arm nicht so wehtäte. Das schadet meiner Konzentration. Ich muss für unser weiteres Vorgehen einen Plan machen, aber die Schmerzen umnebeln meinen Verstand. Ich bevorzuge eindeutig den durch Katzenminze-Blut verursachten Rauschzustand.

»Ich kann zurückgehen«, schlägt Griffon vor. »Wir können K2 fesseln oder bewusstlos machen. Du solltest hierbleiben. Du bist leichenblass. Ich werde die Zwillinge holen, damit sie dir helfen können.«

Ich schüttele den Kopf. »Nein, das muss ich selbst tun. Ich muss mit diesem Wissenschaftler sprechen und Antworten erhalten. Das ist doch nur ein Kratzer, der wird mich nicht umbringen.«

»Das ist kein Kratzer«, schnaubt er. »Hat dir schon mal jemand gesagt, dass du nicht alles Elend der Welt auf deinen Schultern tragen musst?«

»Nö. Denn das tue ich keineswegs. Ich bin eine Katze, ich bin egoistisch. Mir ist die Welt egal. Ich will glücklich sein, es warm haben und gut essen.«

Mir ist kalt, fällt mir gerade auf. Die Kälte beginnt in meinem Arm und zieht sich langsam durch den restlichen Körper. Ich entferne vorsichtig den Stoff von meiner Wunde. Mist.

Griffon zieht die Luft ein. »Das sieht nach Gift aus.«

Stimmt. Dunkelblaue Linien umgeben die Wunde wie ein Spinnennetz. Die Wundränder verfärben sich dunkel und trocknen aus. »Das ist kein mir bekanntes Gift.«

»Kannst du sie zum Sprechen bringen?«, frage ich. »Damit sie uns sagt, was das ist?«

»Ich werde es versuchen«. Er steht auf und geht zu K2, die immer noch wie angewurzelt an derselben Stelle verharrt.

Er summt eine einfache Melodie, die wie ein warmer Wind über mich streicht. Sie ist nicht so tief und geschwungen wie sein normales Lied, aber bringt K2 dazu, eine natürlichere Stellung einzunehmen und ihn anzusehen.

Das Summen wird zu einem Lied, dessen Worte nicht für mich bestimmt sind.

»Ich weiß es nicht«, sagt sie plötzlich, und ihre Stimme klingt monoton, fast roboterhaft.

Griffon singt weiter, das Lied enthält jetzt mehr Einzelheiten, ist voller. In mir wächst der Drang, ihm etwas zu offenbaren, ein Geheimnis, auch wenn ich nicht weiß, welches. Man kann diesem Lied nur schwer widerstehen, auch wenn er gar nicht mich, sondern K2 zum Reden bringen will.

»Es ist in mir. Ich kenne den Namen nicht. Ich weiß nicht, ob es ein Gegenmittel gibt.«

Wahrscheinlich beantwortet sie Griffons Fragen, aber die Antworten stimmen mich nicht glücklich. Kein Gegenmittel. Verdammt nochmal. Natürlich gibt es eines. Die Forscher in der Meute würden doch nicht in der Nähe von Wandlern mit giftigen Klauen leben wollen, es sei denn, sie könnten den von ihnen angerichteten Schaden auch wieder beheben.

»Frag sie, ob sie jemals jemanden im Labor verletzt hat«, sage ich dem Siron.

Er nickt und passt sein Lied dem an.

»Ja, oft.«

Weiter, Mädchen! Ich wünschte, sie würde normal sprechen und nicht wie eine Maschine.

»Und hast du diejenigen hinterher wieder gesehen?«

Es dauert einen Moment, bis Griffon meine Frage in

Musik umgesetzt hat. Ich wünschte, sie würde mir direkt antworten, aber das scheint unmöglich zu sein. Wenn wir wieder zu Hause sind, müssen wir eine bessere Art der Verständigung finden. Das kann nicht so weitergehen.

»Ja.«

Ich seufze erleichtert. Das bedeutet, es gibt eine Heilmöglichkeit. Jetzt müssen wir herausfinden, welche.

Ein Stöhnen lässt mich herumfahren. Ryker bewegt sich, versucht, sich aufzusetzen. Noch bevor ich Anstalten machen kann, selbst aufzustehen, umgibt ihn schon ein Schwarm schnurrender Katzen, die sich an seiner Seite reiben. Er ist umringt von Katzen und hat nie attraktiver ausgesehen.

Ich versuche auf die Beine zu kommen und zu ihm zu gehen, aber ich werde schwindelig und lasse mich wieder zu Boden sinken, kann mich kaum in sitzender Position halten. Ich möchte mich hinlegen. Mein Arm fühlt sich an, als steckte er in einer Tiefkühltruhe. Gänsehaut breitet sich über meinem Körper aus. Das ist wirklich kein schönes Gift. Nicht sehr elegant. In der Meute hat man mir verschiedene Gifte verabreicht – man war dort der Meinung, die tatsächliche Wirkung eines Giftes ließe sich nur am eigenen Körper erfahren – aber diesmal steht niemand mit dem Gegenmittel bereit. Es macht wirklich keinen Spaß, auf der anderen Seite der Giftmischerei zu stehen.

»Kat, versuche nicht aufzustehen«, ruft Griffon scharf und eilt zu mir.

»Zu spät«, murmele ich müde. »Hab's versucht und nicht geschafft«.

Er fährt sich mit den Händen durch die Haare. »Ich weiß nicht, was ich tun soll. Du kannst nicht zurückgehen, aber wenn ich gehe, verliere ich vielleicht wieder die Kontrolle über K2. Wenn ich sie mitnehme, könnte der Siron im Labor sie mir wieder entreißen. Ryker muss sich erst noch erholen. Wir können die Katzen nicht schicken, weil keiner sie verstehen würde...«

»Falsch. Meine Schwestern schon.«

Er sieht mich sorgenvoll an. »Bist du sicher?«

Nein, bin ich nicht. Ich habe noch keinen Austausch zwischen ihnen und den Katzen gesehen. Sie scheinen nicht meine natürliche Vorliebe für unsere vierbeinigen Verwandten zu teilen; aber sonst sind sie doch wie ich, oder? Sie müssten die Katzen verstehen können.

Ich krame in meinen Taschen, bis ich einen winzigen Stift und ein zerknautschtes Stück Papier finde. Die habe ich immer dabei. Man weiß schließlich nie, wann man einen Erpresserbrief schreiben muss.

Ich versuche, eine Mitteilung darauf zu kritzeln, aber meine Hand zittert zu sehr. Die Kälte hat sich in meinem ganzen Körper ausgebreitet, ich zittere von Kopf bis Fuß. Sogar meine Zähne beginnen zu klappern.

»Gib mir das«, sagt Griffon sanft und nimmt mir den Stift aus der Hand. Er schreibt einige Wörter auf den Zettel und faltet ihn. »Welche Katze soll die Botschaft überbringen?«

»Stormy, komm her«, rufe ich.

Die schwarze Katze sieht mich einen Moment lang an, würde es ganz klar vorziehen, bei Ryker zu bleiben; er gibt ihr einen sanften Stoß, und sie kommt angetrabt.

»Du musst ins Labor zurücklaufen und dies hier Lennox geben. So schnell du kannst, bitte.«

Sie rennt davon, verschwindet in der Nacht. Die Dunkelheit verschluckt sie, und ich hoffe, dieses Sprachbild hat keine reale Bedeutung.

Mir ist, als würde mich die Kälte aufzehren. Ich muss immer mehr kämpfen, überhaupt sitzen zu bleiben, will mir aber vor den Männern keine Blöße geben und meine Schwäche eingestehen. Griffon scheint das zu erkennen und setzt sich an meine Seite, legt den Arm um meine Schultern und zieht mich an sich. Ich lasse los, nehme ihn als Stütze.

Ryker hat es geschafft und sitzt aufrecht, ist noch blass aber lebendig. Ich würde gern zu ihm hinübergehen oder ihn zu mir bitten, damit ich zwischen beiden Männern sitzen könnte, aber ich bin zu schwach. Und ihm geht's genauso. Uns trennen nur wenige Meter, aber es könnten genauso gut Meilen sein.

»Mir ist so kalt«, flüstere ich, bevor mich eine Welle aus Dunkelheit überrollt und fortträgt. Ich treibe dahin in einem eisigen Fluss auf ein Ziel zu, das ich nicht kommen sah.

ZWÖLF

In einer idealen Welt wäre ich in einem warmen Bett aufgewacht, umgeben von meiner Familie.

Leider leben wir nicht in einer idealen Welt.

Der Boden unter mir ist hart und kalt, Steine stechen mir in den Rücken. Da ist beinahe die Bewusstlosigkeit vorzuziehen. Aber Moment mal, wieso bin ich überhaupt wieder im Land der Lebenden?

Ich öffne die Augen – und starre in meine eigenen. Ich plinkere. Nein, es ist kein Spiegel und auch keiner der Zwillinge.

K2.

Ich versuche aufzustehen und mich so weit wie möglich von ihr zu entfernen, aber mein Körper gehorcht mir nicht.

Sie starrt mich an, ihre Augen bohren sich in meine, aber sie greift nicht an. Ich wage es, mich etwas zu entspannen, bleibe aber wachsam. K2 ist zu unberechenbar, als dass man nicht vorsichtig sein müsste.

»Wir müssen reden«, sagt sie, und ihre Stimme klingt nicht mehr wie die eines Roboters. Sie ähnelt meiner eigenen, ist aber etwas tiefer, und sie lispelt ein bisschen.

»Wo sind die anderen?«

»Ich bin hier«. Griffon tritt vor. »Lennox bringt Ryker mit Hilfe der Zwillinge nach Hause. Alle Katzen sind bei ihnen. Sie haben uns mehr im Wege gestanden, als dass sie eine Hilfe gewesen wären, aber das konnten wir nicht verhindern. Er hat halt seinen Fanclub.«

Gut, ich bin also mit Griffon und K2 alleine. Und sie redet ganz normal. In meinem Kopf türmen sich die Fragen. Ich beginne mit der nächstliegenden.

»Was zum Teufel geht hier vor?«

»Wir müssen reden«, antwortet K2. »Sofort.«

»Sie hat Recht. Ich weiß nicht, wie lange ich sie in diesem Zustand halten kann.«

»Als normalen Menschen?«, frage ich, nur um mich zu vergewissern.

Sie faucht, und ich zucke zusammen. Ich befinde mich in einer äußerst schwachen Position, schließlich sitzt eine aggressive Katzen-Wandlerin auf mir. Das bin ich nicht gewöhnt.

»Uns bleiben nur ein paar Minuten«, erwidert sie gereizt. Was für ein kleiner Sonnenschein! Aber bei einer Serienmörderin überrascht mich das nicht. »Der Tod von Doktor Jayden hat mich vorübergehend von dem Sirenen-Netz befreit, aber es zieht sich schon wieder zu.

Griffon hält es noch offen, aber er hat nicht genug Erfahrung damit.«

»Sein Tod?«, wiederhole ich. »Er ist tot?«

»Die Zwillinge«, erklärt Ryker. »Aber mach dir keine Sorgen, sie haben vorher noch eine ganze Menge herausgefunden.«

»Ruhe«, faucht K2. »Ich habe seit Jahren nicht mehr so klargesehen. Da ist etwas, das du wissen musst: Sie können mir dir dasselbe machen. Wir sind alle gleich. Lass sie nicht näherkommen. Wenn sie dir noch einmal die Droge geben, werden sie sich in deinen Gedanken einnisten.«

»Diese Droge?« Ich ziehe eines der Fläschchen aus meiner Tasche und bin selbst überrascht, dass es nicht zerbrochen ist.

Sie schnüffelt daran, und Wut blitzt in ihrem Gesicht auf. »Ja, vernichte sie. Wenn du sie oft genug nimmst, wirst du eine von ihnen. Die Droge schwächt deine Abwehr, macht dich angreifbar. Und sie beeinflusst die Verbindung zu deiner inneren Katze.«

Ihre Wut wandelt sich in Trauer. Bedauern.

»Sehen deine Klauen deshalb so aus?«

K2 nickt. »Das ist das Einzige, was noch von ihr übrig ist. Alles andere haben sie in meine menschliche Gestalt hineingezwungen. Die Kraft, die Ausdauer.«

Ich starre sie erschrocken an. »Du kannst dich nicht mehr wandeln?«

»Ich kann sie nicht mehr länger beherrschen«, warnt mich Griffon.

»Du musst mich töten«, sagt K2 einfach, als würde sie über das Wetter sprechen oder mir gerade offenbaren, dass es nachts dunkel ist. »Ich halte das nicht länger aus.«

»Du bist jetzt frei. Wir werden einen Weg finden, dich zu heilen.«

Sie lacht verzweifelt. »Das ist unmöglich. Der Tod ist mir willkommen. Ich habe ihn in jedem klaren Moment herbeigesehnt. Sie sind selten geworden, diese Momente, aber manchmal habe ich sie noch. Die Sirenen haben mir verboten, mich selbst zu töten, sonst hätte ich es schon längst getan, besonders nach dem, was ich mit den Zwillingen gemacht habe.«

Sie sieht mich mit aufrichtigem Bedauern an. Ihr Leid lässt mich wieder Kälte tief im Innern spüren, wenn sie diesmal auch nicht von einem Gift verursacht wird.

»Nein, das kann ich nicht. Aber ich verspreche, dass wir dir helfen werden. Ich habe Freunde, die sich in vielen Wissensbereichen auskennen. Sie werden ein Gegenmittel für diese Droge finden.«

K2 schüttelt den Kopf. »Für mich gibt es keine Hoffnung, glaub mir. Sie haben mir erzählt, wie sie bei anderen Klonen versucht haben, die Wirkung der Droge aufzuheben; diese Klone sind alle gestorben. Man kann das nicht zurückdrehen.«

Plötzlich zuckt sie zusammen und einen Moment lang werden ihre Augen ausdruckslos. Sie blinzelt zweimal, dann ist ihr Gesichtsausdruck wieder normal, lebendig, nicht roboterhaft. Aber es ist offensichtlich, dass sie diesen Zustand nicht länger aufrechterhalten kann.

»Bitte«, bettelt sie und ist gar nicht mehr so hart wie vorhin. »Du musst das für mich tun. Du allein kannst es.«

»Nein«, wiederhole ich. »Das kann ich nicht.«

»Dann werde ich versuchen, dich zu töten. Dein Siron wird mich nicht ständig unter Kontrolle halten können. Sobald er nachlässt, werde ich dich und die anderen Klone wieder angreifen. So bin ich programmiert. Dagegen kann ich nicht ankämpfen. Du oder ich, meine Liebe.«

»Schwestern.«

»Was?«

»Ich nenne sie meine Schwestern. Nicht Klone. Und du bist auch meine Schwester. Ich kann niemanden aus meiner Familie töten.«

Sie sieht mich an, als hätte ich etwas sehr Verwirrendes gesagt.

»Schwestern?«

»Ja. Teil der Familie. Wir sind gleich, in mancher Hinsicht aber doch verschieden. Wir wurden künstlich erschaffen und nicht geboren, aber das bedeutet nicht, dass wir nicht wie andere Leute sein können. Ich habe mir meine eigene Familie geschaffen. Bekannte, Schwestern, Freunde. Davon kannst du ein Teil sein.«

»Sie ist fast weg«, stöhnt Griffon, sichtlich am Ende seiner Kraft. Ich verstehe nicht viel von diesen Sirenen-Dingen, aber ganz offensichtlich wird er nicht mehr lange durchhalten können.

»Wir werden dir helfen«, verspreche ich erneut. »Hast du einen Namen?«

Wieder sieht sie mich verwirrt an. »K2«, murmelt sie nach einer kleinen Pause. »Aber das weißt du doch schon.«

»Ich meinte einen richtigen Namen. Einen ohne Zahl. Ich weiß, K1 und Kat klingt ähnlich, aber das ist nur Zufall. Mein voller Name ist Katriona. Wie wär's, wenn du dir auch einen aussuchst? Das ist dann ein Stück von dir selbst. Der Anfang von einem neuen Leben.«

Ein winziges Lächeln spielt um ihre Lippen. »Das wäre schön.«

Griffon schreit laut auf, und ich wende mich zu ihm um. Es geht ihm gut, er ist nur völlig erschöpft. Als ich mich wieder zu K2 umdrehe, ist ihr vorheriger Gesichtsausdruck verschwunden. Sie ist wieder ein Roboter.

Brennender Hass steigt in mir auf. Das war die Meute! Und ich dachte, sie hätten Klein-Kat, die Zwillinge und mich schlecht behandelt – aber das setzt allem die Krone auf. Und das Schlimmste ist, dass sie sich ab und zu über ihre Lage klar wird, aber nichts dagegen tun kann.

Ich strecke meine Hand aus und streichele ihre Wange. Sie reagiert natürlich nicht, aber mir gefällt die Vorstellung, dass sie es dennoch irgendwie spürt.

»Wie fühlst du dich?«

Ich lächle ihn an. »Lebendig.«

»Schön. Dann lass uns nach Hause gehen, damit das auch so bleibt.«

Auf dem Rückweg erzählt mir Griffon, was während der Zeit meiner Bewusstlosigkeit geschehen ist.

Das Band, das Lennox um Shaun Jaydens Hals gelegt hat, funktionierte. Allerdings nicht wie erwartet. Es verwandelte den Wissenschaftler in einen sehr freundlichen, hilfsbereiten Mann, der ihnen gerne zeigte, wo das Gegenmittel für mein Gift versteckt war. Er beantwortete auch alle Fragen, die Lennox und die Zwillinge ihm stellten. Griffon weiß darüber keine Einzelheiten, da muss ich warten, bis wir wieder zu Hause sind und ich die anderen befragen kann. Doktor Jayden gab ihnen auch alle Unterlagen zu Projekt Indigo.

Leider hatte das Halsband die Nebenwirkung, den Kopf des Doktors nach ein paar Minuten explodieren zu lassen. Ich muss lachen, als Griffon das erzählt. Wie traurig. Obwohl ich ein bisschen enttäuscht bin, dass ich diesen Menschen nicht selbst foltern und töten konnte, ist dies doch ein befriedigendes Ende. Tod durch Kopfexplosion. Einfach göttlich. Das Leben hat manchmal einen Sinn für Humor.

»Ein paar Gehirnspritzer landeten auf Viers Hemd«, gluckst Griffon. »Keine Ahnung, warum die Zwillinge weiße Kleidung tragen, die ist so unpraktisch.«

»Das habe ich die ganze Nacht schon überlegt. Vielleicht waschen sie so gerne Wäsche. Wir könnten ihnen auch unsere Sachen geben.« Ich schaue auf meinen blutverschmierten, an vielen Stellen zerfetzten Anzug. Ein Ärmel ist K2s Angriff zum Opfer gefallen. »Der hier ist wohl nicht mehr zu retten.«

Meine Wunde hat sich geschlossen und sieht nicht mehr schlimm aus. Wir werden sie später noch reinigen und richtig verbinden müssen, aber das Gift wirkt nicht mehr. Mein Körper fühlt sich warm an, und auch wenn ich mich noch nicht wieder kräftig fühle, ist die Schwäche doch überwunden. Das ist jetzt nur noch normale Erschöpfung, die sich bemerkbar macht. Ich brauche Schlaf. Wir alle.

K2 folgt uns, still und ausdruckslos. Ich habe das Gefühl, sie in unser Gespräch einbeziehen zu müssen, aber das ist hoffnungslos. Sie ist nicht bei sich.

»Wie ist das mit dem Sirenen-Netz, das sie erwähnt hat?«, frage ich Griffon, während wir durch die Stadt marschieren. »Auf welche Art kontrollieren die Sirenen sie?«

»Das verstehe ich selbst nicht richtig. Wenn ich jemanden mit meinen Kräften kontrolliere, fühlt sich das an wie eine Leine, die ich um ihren Verstand winde. Ich sage ihnen, was sie tun sollen, und wenn sie Widerstand leisten, ziehe ich die Leine an und erhöhe den Druck.«

»So fühlt sich das für mich aber nicht an.«

Er lacht leise. »Das liegt daran, dass ich noch nie versucht habe, dich zu etwas Bösem zu zwingen und auch daran, dass du kein Mensch bist. Man hat mir berichtet, dass sich das für Menschen so anfühlt, als würden sie in einem schmerzhaften Korsett stecken, das ihren Körper in verschiedene Richtungen bewegt, ohne dass sie etwas dagegen tun können.«

Das entspricht ganz sicher nicht meinen Gefühlen. Sein Lied ist eher wie eine herzliche Umarmung, sanft und liebevoll. Eine beinahe intime Streicheleinheit.

»Wie auch immer – selbst wenn ich mehrere Personen gleichzeitig kontrolliere, ist das immer noch, als hielte ich Leinen. Ich hatte nie den Eindruck, ein Netz in der Hand zu haben und habe das auch noch nie von anderen Sirenen gehört. Allerdings hatte ich mit Sirenen-Zirkeln in letzter Zeit auch keinen Kontakt. Mein Vater wollte mich zwingen, zu solchen Treffen zu gehen und mich mehr dort einzubringen, aber mir war jede Ausrede recht, dies zu vermeiden. Keine Ahnung, wie es mir gelingen konnte, mit einem funktionierenden Gewissen aufzuwachsen, wo ich doch von machthungrigen Sirenen umgeben war; aber irgendwie habe ich es geschafft.«

Ich nehme seine Hand. »Darüber bin ich froh. Wobei dein Gewissen nicht so stark entwickelt ist. Sonst würdest du deinen Beruf nicht so gern ausüben.«

Er lacht. »Das stimmt natürlich. Andererseits habe ich durchaus gute moralische Prinzipien. Gut, ich töte. Aber nur die Bösewichte. Die anderen lasse ich normalerweise laufen, oder füge ihnen nur leichte Blessuren zu, mehr aus Prinzip.«

»Geht mir genauso. Ist schon merkwürdig, dass wir uns gefunden haben, zwei Auftragskiller mit Gewissen.«

Er bleibt stehen und drückt meine Hand. »Ist dies der Moment, in dem ich dich küsse?«

Ich werfe einen Blick auf K2. »Ich lasse mir dabei nicht so gern von anderen Leuten zuschauen, besonders nicht von solchen, die von Sirenen kontrolliert werden.«

Griffon grinst. »Stimmt. Wir sollten dieses Gespräch zu Hause fortsetzen.«

In meiner Magengegend kitzelt es. Sind das die berühmten Schmetterlinge? Nicht doch, so etwas Banales passiert mir bestimmt nicht. Ich muss mich beherrschen. Bin immer noch viel zu emotional. Das ist sicher die Nachwirkung des Gifts.

Endlich sind wir beim Wagen. Hoffentlich haben die anderen schon geduscht, damit ich das Badezimmer für mich beanspruchen kann. Meine Haut starrt vor verkrustetem Blut, meinem eigenen und dem der anderen, und ich bin so froh, dass ich keinen Drang mehr verspüre, es abzulecken. Ich weiß nicht, was ich täte, wenn ein blutender Mutant plötzlich vor mir auf die Erde fiele, also besser nicht daran rühren. Aber mein nächstes Rauschmittel wird ganz bestimmt Katzenminze sein, nicht Blut.

DREIZEHN

Diesmal wache ich tatsächlich in einem Bett auf. Ich kann mich kaum noch daran erinnern, wie ich eingeschlafen bin. Ich habe mich wohl nach der Dusche aufs Bett gesetzt und wollte noch in die Küche gehen, um mir etwas Essbares zu holen, muss dann aber eingenickt sein.

Ich strecke mich und stoße gegen einen warmen Körper. Sie liegen um mich herum. Griffon, Lennox und Ryker teilen sich alle die Matratze mit mir und schlafen in unterschiedlichen Posen. Ryker liegt zu meinen Füßen und hat sich wie eine Katze zusammengekrümmt, er schnarcht leise. Entzückend.

Griffon liegt rechts von mir auf dem Bauch, mit nacktem Oberkörper. Narben ziehen sich parallel den Rücken hinunter und erinnern mich an die in seinem Gesicht. Sieht aus, als ob er einem großen Tier unter die

Krallen gekommen ist. Ich rolle mich auf die Seite und folge mit einem Finger sanft dem Verlauf einer Narbe. Sein Atemrhythmus ändert sich, er ist wach.

Seine Narben fühlen sich weich an unter meinem Finger, aber immer noch anders als der Rest seiner gesunden Haut. Ich fahre einige Male auf und ab über sie und bin versucht, meine Zunge darüber gleiten zu lassen.

Ich bin schon mit vielen Männern zusammen gewesen, aber ihre Körper erscheinen mir immer noch geheimnisvoll. Mein eigener ist hart von all dem Training, hat aber immer noch weiche Anteile. Vor allem meinen Busen, und dann die nicht so straffen Gegenden um Hüften und Hintern. Bei diesen Männern ist das anders. Harte Flächen an harten Flächen. Würde er sich jetzt umdrehen, wäre auch sein Brustbereich hart. Keine Männerbrüste in Sicht. Wie können sie solch stählerne Körper haben, aber im Innern so weich sein, wenn sie mit mir kommunizieren?

»Mach weiter«, flüstert er, und ich merke, dass ich am Endpunkt der längsten Narbe aufgehört habe.

»Nee, jetzt bin ich dran«, sagt Lennox mit heiserer Stimme.

Sein heißer Atem küsst meinen Rücken noch bevor seine Lippen ihn berühren. Ein wohliger Schauer läuft mir über die Haut. Das hier scheint durchaus spannend zu werden. Als wir das letzte Mal alle zusammen in diesem Bett lagen, bekam ich Angst und lief davon. Jetzt will ich sie am liebsten alle berühren. Es hat sich etwas verändert, als sei ein Schalter in meinem Kopf umgelegt worden. Vielleicht hat es gutgetan, ihnen meine Ängste mitzuteilen. Vielleicht war es auch die Nahtod-Erfahrung. Wie auch immer, ich will sie haben. Sehr sogar.

»Dreh dich auf den Rücken«, flüstert Lennox.

Tue ich doch gern, auch wenn ich dann nicht mehr mit Griffons Narben spielen kann.

Ich bin jetzt von zwei Männern flankiert, die mich beide anstarren.

»Wie gefällt dir dieses Hemd?«, fragt der Wolf mit verschmitztem Lächeln.

Ich muss an mir hinunter sehen, um überhaupt zu wissen, was ich anhabe. Ich habe vergangene Nacht einfach ein beliebiges Teil aus dem Kleiderschrank genommen. Ein langweiliges graues T-Shirt mit irgendeinem Schriftzug darauf. Das ist nicht einmal mein eigenes Hemd, gehört wohl Bethany.

»Nicht besonders«. Meine Stimme ist heiser vor Verlangen. Die Katze in mir möchte diese Kerle bespringen und mit einem nach dem anderen ficken. Ganz ruhig, Kätzchen. Hab Geduld!

Lennox grinst, und seine blauen Augen glühen, während er eine Hand in eine Wolfspfote wandelt. Er reißt mein Hemd in der Mitte auf und entblößt meine Brust, bevor er wieder volle menschliche Gestalt annimmt.

»Ich liebe es, wenn du wild wirst«, lächle ich ihn an. »Mach ruhig weiter.«

»Dieser Hund hat doch von ‚wild‘ keine Ahnung«,

grunzt Ryker und gähnt. »Wie ich sehe, habt ihr die Party ohne mich begonnen. Kat, wie gefallen dir deine Höschen?«

»Nachmacher«, murmelt Lennox, aber Ryker zieht mir schon den Schlüpfer aus. Zumindest zerreißt er ihn nicht – von der Sorte habe ich nicht so viele im Kleiderschrank.

Griffon nimmt keine Notiz von den beiden Wandlern und kommt mir näher, sein Körper ist eng an meinen geschmiegt. Er legt eine Hand an meine Wange und dreht meinen Kopf zu sich. Unsere Lippen treffen sich zu einem leidenschaftlichen Kuss.

Ihn zu küssen ist wie in einem Meer von Katzenminze davongetragen zu werden. Aufreizend. Betörend. Überwältigend.

Ryker gibt mir einen sanften Stoß, damit ich meine Beine öffne. Dem folge ich bereitwillig. Ich brenne darauf, ihn zwischen meinen Schenkeln zu spüren. Sie alle. Ich bin heute gierig und werde sie nicht aus dem Raum gehen lassen, bevor ich sie nicht alle vernascht habe.

Sanfte Lippen legen eine Kuss-Spur um meinen Bauchnabel und bewegen sich dann langsam aufwärts. Lennox. Er hält inne, als er meine Brüste erreicht hat und lässt seine Zunge an ihrer Unterseite tanzen. Wie kann eine so zarte Berührung solch ein Meer an Gefühlen auslösen? Das ist kaum zu glauben. Ist Zauberei, da bin ich sicher.

Funken sprühen vor meinen Augen, als Rykers

Zunge mein Innerstes von oben nach unten leckt. Er hat zwar menschliche Gestalt, aber seine Zunge ist rau wie die einer Katze, und ich stöhne jedes Mal auf, wenn er meinen Hotspot berührt. Ich spreize meine Beine noch weiter und hoffe, er versteht die Andeutung. Ich will mehr. Noch viel mehr. Mein Stöhnen kommt jetzt ganz automatisch, lässt sich nicht mehr beherrschen. Je mehr Ryker meinen Lusthügel leckt, desto mehr winde ich mich auf dem Bett, zittere, wimmere. Das ist zu viel, und doch noch nicht genug.

Griffon küsst mich noch immer, und fast tut es mir leid, dass ich seinen leidenschaftlichen Kuss nicht in dem Maße erwidern kann, wie ich das gerne täte. Da sind zu viele Sinneseindrücke, und es gibt zu wenig frei verfügbare Gehirnmasse, die damit zurechtkäme.

Lennox saugt an einer Brustwarze, während er die andere zwischen seinen Fingern dreht. Er neckt mich mit sanften Küssen auf der ganzen Brust, bevor er sich wieder an einem der Knöpfchen festsaugt.

Ich halt's nicht mehr aus.

»Nimm mich«, stöhne ich Griffons Lippen entgegen.

»Sag bitte«, flüstert Lennox und beißt mir sanft in die Brust.

Ich will nicht, dass er so sanft ist. Ich will, dass sie wild werden, verrückt vor Lust und mir's besorgen, als gäbe es kein Morgen.

»Mach schon oder ich bring dich um«, fauche ich. »Jetzt.«

Lennox gluckst. »Das lassen wir mal gelten.«

Rykers Zunge verschwindet, und ich will mich schon beschweren, aber dann spüre ich, wie sein Schwanz in mich eindringt, hart und schnell, und dann ist es um mich geschehen.

Als ich allmählich und ohne Hast aufwache, bin ich alleine. Der Geruch meiner Männer ist noch frisch. Ich kann mich wage erinnern, kurz aufgewacht zu sein, als sie aufgestanden sind, aber ich war noch nicht ausgeschlafen, habe sie also nicht weiter beachtet. Ich ziehe die Bettdecke dichter an mich heran und atme tief ein. Da sind alle ihre Duftspuren vereint. Ich liebe es. Ich wünschte, ich könnte mich in diese Decke wickeln und sie wie ein Kleid tragen. Obwohl ich eigentlich nie Kleider anziehe. Sie sind für einen Killer einfach zu unpraktisch. Ich habe einmal probiert, einen Rock mit Leggings zu kombinieren, aber der Rock verfing sich an einem Dachziegel und ließ mich fast abstürzen. Nie wieder.

Ich recke und strecke mich noch einmal, bevor ich unser improvisiertes Bett verlasse. Gerade als ich die Tür öffnen will, fällt mir auf, dass ich nackt bin. Das könnte meine Schwestern schockieren. Sie sind erst vierzehn und haben wahrscheinlich noch keine sexuellen Erfahrungen gemacht. Das hoffe ich zumindest. Man hat sie zu sehr verkorkst; sie sind bestimmt unfähig, eine Beziehung einzugehen.

Ich muss lachen, als mir auffällt, wie fürsorglich ich

um ihr Wohlergehen besorgt bin. Als wollte ich sie in einem Zimmer einsperren und sie nie in die Welt da draußen entlassen. Ist es das, was Eltern fühlen? Dann ist es eigentlich erstaunlich, dass man überhaupt Kinder auf der Straße spielen sieht. Meine würden wahrscheinlich angeleint in einem fensterlosen Raum leben müssen, um sie ja keiner Gefahr auszusetzen. Ich habe schließlich erfahren, wie böse die Welt sein kann.

Einer der Männer hat ein Hemd auf dem Fußboden liegenlassen, also ziehe ich das an, bin zu faul, im Kleiderschrank nach einem anderen zu wühlen. Ich habe nur noch zwei Höschen in der Kommode. Es wird Zeit herauszufinden, ob meine Schwestern tatsächlich gut im Wäschewaschen sind. Das würde sie umgehend zu meinen Lieblingsgeschwistern machen. Was mich an Klein-Kat erinnert. Ich sollte sie bald wieder besuchen und schauen, wie es ihr geht. Vielleicht möchte sie auch ihre älteren Schwestern kennenlernen. Aber nicht K2, das wäre zu gefährlich. Die Zwillinge dagegen sind zwar verkorkst, stellen aber keine Gefahr dar.

Ich fahre mir mit den Händen durch die Haare und versuche, meine Mähne zu bändigen. Aber die Männer haben mich schon in sehr viel üblerem Zustand gesehen. Mit Blut und Körperteilen bedeckt. Dagegen ist ein bisschen zerzaustes Haar gar nichts.

»Morgen«, begrüßt mich Lily fröhlich, als ich den Wohnbereich betrete. »Eier?«

Ich nicke. »Bin am Verhungern. Aber kann ich die auch gefahrlos essen?«

Sie wirft einen Löffel nach mir, den ich aber

abfange, bevor er in meinem Gesicht landet. »Aber sicher doch. Ich kann schließlich kochen, weißt du.«

»Kochen und etwas Essbares hervorbringen sind zwei Paar Schuhe«, necke ich sie. »Aber ja, ich nehme Eier. Und Tee. Und Kekse mit Katzenminze, wenn noch welche da sind.«

»Nein, die sind alle. Und ich mache sie nie wieder.«

Ich zucke die Schultern. »War einen Versuch wert.«

»Katzenminze-Kekse?« Vier horcht auf. »Das hört sich gut an.«

»Nein«, sagt Lily in strengem Ton. »Ich bin nicht euer Drogenhändler.«

»Ich könnte euch die Minze liefern«, biete ich an. »Ihr müsstet dann nur das Backen übernehmen. Das habe ich schon versucht, aber ... du weißt ja, was dann passiert ist.«

»Sie hat die Küche in Brand gesetzt«, erklärt Lily den Zwillingen. »Das war nicht schön. Deshalb darf sie höchstens noch Brote schmieren. Ich werde schon nervös, wenn sie den Wasserkessel aufsetzt.«

»Hei, mein Tee ist hervorragend!«

Sie kichert. »Abgesehen davon, dass er zu neunzig Prozent aus Milch besteht, mit einer Spur Tee darin.«

»Ich mag Milch halt.«

Ivy dreht sich zu Bethany um, die auf der Eckbank sitzt und eine Illustrierte liest. »Gehen die immer so miteinander um?«

Sie nickt gedankenverloren. »Ja, immer. Ihre Zankerei wird allmählich langweilig, wenn man damit leben muss.«

»Ich finde das gar nicht langweilig«, grinst Vier. »Das ist wie in einer Sitcom.«

»Du warst noch nie bei so einer Show«, sagt ihre Schwester und zieht eine Augenbraue hoch.

»Nee, aber das muss so ähnlich sein.«

Ich schiebe mich auf die Bank neben Ryker. Er grinst mich an und legt mir eine Hand auf den Schenkel, als sei dies das Normalste der Welt. Er sieht wieder ganz so aus wie vorher. Seine gelben Augen sprühen vor Leben, und sein Gesicht hat wieder Farbe angenommen. Es fällt schwer zu glauben, dass er vergangene Nacht klinisch tot war.

»Gut geschlafen?«, fragt er mit Unschuldsmiene.

»Sehr gut.«

Griffon lacht. »Das haben wir gehört. Du schnarchst bezaubernd.«

»Nicht wieder die alte Leier. Ich schnarche nicht. Und ich bin ganz sicher nicht bezaubernd. Das betrachte ich als Beleidigung.«

Die Männer sehen sich an. »Richtig bezaubernd«, bestätigt Ryker.

Ich seufze. Die treiben mich noch in den Wahnsinn. Einer ist ja schon schlimm genug, aber jetzt muss ich mit dreien fertig werden. Mein geistiges Wohlergehen hängt am seidenen Faden, und den werden sie irgendwann bestimmt gerne abschneiden.

Lily setzt mir einen Teller mit Rührei vor. Ich erinnere mich nicht, das von ,gerührt' die Rede war, aber sie sehen essbar aus. Sie wirft zwei Scheiben Toastbrot dazu.

Ich schaufele das Essen nur so in mich hinein – mir wird jetzt erst klar, wie hungrig ich bin. Eigentlich wollte ich etwas essen, als wir vergangene Nacht nach Hause kamen, aber dann bin ich eingeschlafen, bevor ich Gelegenheit dazu hatte.

»Wo ist Lennox?«, frage ich mit vollem Mund.

»Der ist zu seinem Auftraggeber gegangen«, berichtet Griffon, der mir mit amüsiertem Lächeln zusieht. »Er sagte, es hätte etwas mit den Wölfen zu tun, die ihr getroffen habt.«

Ah. Als wir das letzte Mal von Lennox' Arbeit sprachen, sagte er, er habe frei genommen. Muss er jetzt an seine Arbeitsstelle zurückkehren? Ich hoffe nicht. Ich habe ihn gern um mich. Vielleicht kann ich ihn überreden, für mich zu arbeiten, wenn ich M.I.A.U. wieder zum Laufen gebracht habe. Ich habe genug Bargeld, um ihm mindestens so viel zu zahlen wie sein derzeitiger Arbeitgeber. Für unseren letzten Auftrag haben wir eine hübsche Prämie erhalten. Und dann fällt mir wieder ein, dass ich uns ja zunächst ein neues Haus finden muss. Also vorerst doch kein üppiges Gehalt. Aber ich hoffe ihn mit freier Kost und Logis zu überzeugen. Da könnten sogar Katzenminze-Kekse eingeschlossen sein.

Ich schiebe den leeren Teller von mir fort. »Gibt's was zum Nachtisch?«

»Gierschlund«, kichert Lily, steht aber auf und holt einen Schokoladenpudding aus dem Kühlschrank. »Mit viel Milch. So wie du ihn magst.«

Ich seufze zufrieden nach dem ersten Löffel voll.

Dunkle Schokolade und Milch, das ist eine traumhafte Kombination.

Jetzt, wo der Magen etwas zu tun hat, arbeitet auch das Gehirn wieder besser. Letzte Nacht ist so viel passiert, wir müssen etliche Dinge besprechen.

»Wo ist K2?«, frage ich, nachdem ich den Pudding aufgegessen habe.

»Mit Medikamenten ruhiggestellt«, murmelt Bethany, ohne von ihrem Heft aufzusehen. »Wir dachten, das wäre am sichersten, solange Griffon schläft. Sie ist bei Benjamin, und ja, er ist immer noch krank.«

»Vielleicht infiziert er sie mit seinem Bazillus«, sagt Vier ausgelassen. »Das würde sie schwächen und uns die Überwachung erleichtern.«

Ich wechsle einen Blick mit Griffon. »Hast du ihnen erzählt, dass sie vergangene Nacht richtig mit mir gesprochen hat?«

»Nur kurz, wir waren alle zu müde. Wir sollten über alles, was geschehen ist, reden. Aber vielleicht ist es besser, wir warten, bis Lennox zurück ist. Jetzt zeig mir aber erst einmal deinen Arm.«

Meinen Arm? Ach, ja. Den hatte ich fast vergessen, wohl weil er nicht mehr wehtut.

Griffon entfernt vorsichtig den Verband, den ich gestern nach der Dusche angelegt habe. Ich zucke etwas zusammen, als er das letzte Stück entfernt und die Wunde offenlegt. Sieht nicht gerade schön aus. Sie hat sich geschlossen, aber der Heilungsprozess ist nicht so weit fortgeschritten, wie ich erwartet hatte. Da wird eine dicke Narbe zurückbleiben. Was auch immer das für ein

Gift war, es hat verhindert, dass meine Selbstheilungskräfte als Wandler aktiv werden konnten. Dem Himmel sei Dank für Ivys flinke Zunge, mit der sie die Wunde geleckt und die Blutung gestoppt hat.

Ich schenke ihr ein kleines Lächeln. »Danke fürs Lecken«.

»Gern geschehen«. Sie verzieht das Gesicht. »Es hat scheußlich geschmeckt. Lass dich bitte nicht wieder vergiften – ich hab den Geschmack immer noch auf der Zunge.«

»Das habe ich nicht vor. Bethany, haben sie dir von dem Gift erzählt? Und dir das Gegenmittel gezeigt?«

Sie legt endlich das Heft zur Seite. »Ja, aber diese Art von Gift ist mir noch nicht begegnet. Es muss sich um eine synthetische Substanz handeln.« Sie schürzt die Lippen, als empfände sie es als eine persönliche Beleidigung, dass jemand ein Gift ohne die Verwendung von natürlichen Pflanzen und Mineralien hergestellt hat. »Ich werde versuchen, mehr von dem Gegenmittel herzustellen, für alle Fälle. Und sobald K2 wieder wach ist, sollten wir eine Probe von ihren Klauen nehmen.«

»Meinst du, ihre Klauen produzieren dieses Gift? Ich war davon ausgegangen, dass es von außen aufgetragen wurde.«

Bethany zuckt die Schultern. »Keine Ahnung. Ich nehme gar nichts an. Die Wissenschaftler der Meute haben Dinge hervorgebracht, die ich nie für möglich gehalten hätte, also sollten wir offen sein für alles. Warum sollten sie nicht dafür gesorgt haben, dass Gift aus ihren Klauen tropft, von ihrem Körper selbst produziert.«

Mir wird übel bei dem Gedanken. Als ob K2 nicht schon schwer genug geschädigt ist. »Wann wird sie wieder aufwachen?«

»Sie schläft hoffentlich noch ein paar Stunden. Griffon war am Rande seiner Kräfte; er braucht eine Pause, bevor er sie wieder unter seine Fittiche nehmen kann.«

Sie sieht mich anklagend an, als ob das mein Fehler wäre. Nun ja, ist es auch irgendwie. Ich habe die Männer in all das mit hineingezogen. Sie wären nie in die Sache mit der Meute geraten, wenn sie mir nicht begegnet wären.

Griffon steht auf und kommt kurz darauf mit einem kleinen Tiegel zurück. Er tupft fruchtig riechende Salbe auf meine Wunde und ist dabei so vorsichtig, dass ich seine Berührung fast nicht spüre.

»Ich werde mir das später noch einmal anschauen. Je nachdem, was sich in Bethanys Vorratskiste befindet, kann ich dann etwas noch Wirksameres mischen, das die Narbenbildung so weit wie möglich verhindert.«

Er wickelt den Verband fachmännisch wieder um die Wunde und macht sie damit unsichtbar. Zum Glück! Es widerstrebt mir total, äußerlich ein Gebrechen zu haben.

Ein neuer Geruch lässt mich aufspringen. Wölfe! Ich greife nach meinen Messern, bis mir klar wird, dass ich keine an mir trage. Mist.

Die Tür wird aufgestoßen, und Lennox marschiert

herein, gefolgt von zwei Unbekannten. Beide sind Wolfswandler.

Er grinst, es sieht aber etwas gezwungen aus.

»Hey Leute, ich habe ein paar Freunde mitgebracht.«

VIERZEHN

Der größere der beiden Männer ist Ende fünfzig, sein schwarzes Haar ist von grauen Strähnen durchzogen, und ein wild wuchernder Bart bedeckt große Teile seines Gesichts. Seine Augen glühen wie Kohlen und strahlen Autorität und Kraft aus, die er nur mühsam im Zaum halten kann. Er trägt einen langen Ledermantel, der an etlichen Stellen eingerissen ist und ganz offensichtlich viele Kämpfe miterlebt hat. Er trägt keine sichtbaren Waffen, ich könnte aber wetten, dass in seinen hohen schwarzen Stiefeln das eine oder andere Messer versteckt ist.

Der andere Typ ist jünger, vielleicht Anfang dreißig und stämmig gebaut. Er erinnert mich an ein Fässchen, kurz und rund. Seine Augen leuchten himmelblau und bringen die einzige Farbe in seinen ansonsten glanzlosen Look. Dünne Narben ziehen sich über Gesicht und Nacken wie ein Spinnennetz. Merkwürdig. Wandler tragen selten Narben davon und wenn, dann sind sie eher auf größere Wunden zurückzuführen, die schlecht verheilt sind. Wie die an meinem Arm. Seine Narben sind im Vergleich winzig, kaum sichtbar – ich frage mich, was sie verursacht hat.

Der ältere Mann streckt mir die Hand entgegen. »Mein Name ist Moon, ich bin Lennox' Arbeitgeber.«

Ich nehme seine Hand, will ihn nicht mein Zögern merken lassen. Ich bin mit Wolfswandlern aufgewachsen und deshalb kein großer Fan von ihnen. Mit Ausnahme von Lennox, natürlich. »Kat Feln, Chefin von M.I.A.U. Freut mich, Sie kennenzulernen.«

Ich staune selbst über mein gutes Benehmen. Das ist jetzt ganz die Business-Kat, die Rolle, die ich spiele, wenn ich mit Kunden einen Mord bespreche, den sie in Auftrag geben wollen. Außerhalb der Geschäftszeiten verhalte ich mich nicht so. Das einzige Problem ist im Moment, dass ich nur ein Hemd und ein Höschen anhabe, keine Hosen oder gar BH. Kein professioneller Auftritt, aber Herr Moon hat meine nackte Haut gar nicht beachtet.

Sein Händedruck ist fest, aber nicht bedrohlich. Ich warte darauf, dass der andere Mann sich auch vorstellt, aber er bleibt stumm. Nun gut. Vielleicht ein Bodyguard.

»Bitte entschuldigen Sie, dass ich Sie beim Frühstück störe, aber diese Sache duldet keinen Aufschub.«

Ich nicke. Er soll sich ruhig entschuldigen. »Ist schon gut, wir waren sowieso gerade fertig.« Ich wünschte, ich hätte noch ein Büro. Ich würde mich wohler fühlen, in solch einer Umgebung mit ihm zu sprechen statt hier, in diesem unordentlichen Wohnzimmer cum Küche in einem alten Wagen. Das ist nicht wirklich professionell. Nachdem das letzte Labor der Meute zerstört ist, muss ich mich jetzt unbedingt um ein neues Zuhause für uns kümmern. Ich fühle mich hier so langsam ziemlich eingeengt.

»Lassen Sie uns nach draußen gehen, da können wir besser reden«, sage ich, aber Lily steht auf und stößt Bethany an, damit sie sich ihr anschließt.

»Wir wollten sowieso gerade gehen, Sie können sich hierher setzen«, sagt sie liebenswürdig. Gut, dass sie den Ankömmlingen nicht auch noch Tee anbietet. Ich will nicht, dass sie lange bleiben. Wir haben unter uns noch so viel zu besprechen, besonders jetzt, wo Lennox wieder da ist.

»Ivy, Vier, kommt mal mit, ich will euch was zeigen.«

Herr Moon lächelt sie an und zwängt sich dann auf die Bank. Sein junger Begleiter tut es ihm nach, sagt aber kein Wort. Die beiden sehen hier total fehl am Platz aus.

Die vier Mädchen gehen hinaus und verschaffen uns so ein wenig mehr Platz.

Lennox legt mir die Hand auf den Rücken. »Morgen«, flüstert er. »Entschuldige bitte.«

»Frau Feln, Lennox hat uns von Ihrer Begegnung berichtet, und ich fand es nötig, persönlich mit Ihnen zu sprechen. Bitte erzählen sie mir mehr von den Wölfen, die Sie im Wald angetroffen haben.«

»Das war weniger ein Treffen, vielmehr habe ich ein

hilfloses Kätzchen vor ihren Angriffen geschützt«, korrigiere ich ihn. Ich drehe mich um zu Lennox.

»Wie viel hast du ihnen erzählt?«

Er zuckt mit den Schultern. »Was ich halt wusste.«

»Das dürfte so ziemlich alles sein. Ich weiß nicht, was ich dem noch hinzufügen sollte, Herr Moon.«

Er lächelt mich an, seine Augen blitzen. »Ich habe da eine Theorie, um wen es sich bei diesen Wölfen handeln könnte. Aber um das zu bestätigen, muss ich jede Einzelheit wissen. Bitte erzählen Sie mir alles.«

Ich seufze. »Warum? Ich kenne Sie ja gar nicht. Alle Wolfswandler, die ich kenne, gehören entweder zur Meute oder sind auf der Flucht vor ihr. Keines von beidem scheint auf Sie zuzutreffen.«

Herr Moon sieht Lennox voller Stolz an. »Er hat es Ihnen also nicht gesagt. Gut gemacht, Lennox. Ich wusste, dass ich dir vertrauen kann.« Er wendet sich wieder an mich. »Sie haben schon Recht, dass die meisten Wölfe zur Meute gehören oder vor ihr auf der Flucht sind. Ich gehörte vor langer Zeit selbst dazu. Ich glaubte sogar, dass sie das Richtige taten.«

Ich zucke zusammen, aber er hebt eine Hand. »Das ist lange her. Ich wuchs bei einem wilden Wolfsrudel auf. Es gab da keine Ordnung, keine Regeln. Es war das reine Gemetzel. Wir töteten ohne Ziel und terrorisierten die Menschen vor Ort. Gelegentlich brachten wir uns auch gegenseitig um. Als ich dann sah, wie die Meute vorging, fand ich das besser: Die Wandler zu kontrollieren und ihrem Leben einen Sinn zu geben. Es hat etwas gedauert, bis ich die Wahrheit erkannt habe.

Dass der Nutzen ganz sicher nicht bei den Wandlern lag.«

»Sie wissen, wer wirklich das Kommando hat«, bemerkt Griffon.

Herr Moon nickt. »Ja. Als ich das herausfand, war ich wütend. Da ich in der Meute eine recht hohe Position bekleidete, trug ich kein Halsband. Ich war schließlich aus freiem Willen dort. Deshalb ging ich fort. Sie haben versucht, mich zurückzuholen, aber ich war keiner ihrer Welpen, die durchdrehten, wenn man ihnen zum ersten Mal das Halsband abnahm. Ich war ein gestandener Mann und stärker als die meisten von ihnen. Sie haben mich irgendwann in Ruhe gelassen, und ich gründete meine eigene Organisation. Eine Alternative zur Meute, die Wandlern die nötige Ordnung und Disziplin verschaffte, aber ohne Halsbänder, Experimente und Folter.«

»Das scheint mir zu gut, um wahr zu sein«, sage ich ehrlich. »Und wieso habe ich nie von Ihnen gehört?«

»Wir arbeiten im Verborgenen. Jeder, der zu uns kommt, muss Verschwiegenheit schwören. Wer diesen Eid bricht, wird mit dem Tode bestraft. Weshalb ich sehr erleichtert bin, dass unser junger Freund Lennox Ihnen nichts von uns erzählt hat. Ich hätte äußerst ungern an ihm ein Exempel statuiert.«

Verdammt nochmal. Jetzt wünschte ich, ich hätte nicht so viel Druck auf Lennox ausgeübt, mir seinen Auftraggeber zu nennen. Das wäre sein Todesurteil gewesen. Das hätte er mir aber sagen können. Ich hätte Verständnis gehabt. Wahrscheinlich.

Herr Moon räuspert sich. »Zurück zu dieser Angelegenheit, die mich zu Ihnen geführt hat. Lennox hat mir berichtet, die Wölfe, die Sie getroffen haben, rochen wie die Bär-Mutanten, die die Meute erschaffen hat. Stimmt das?«

Ich nicke. »Sind das wirklich Bären?«

»Menschliche DNA, in die Gene eines Bären-Wandlers eingebracht wurden, den sie vor Jahren gefangen genommen hatten«, bestätigt er. »Das war der einzige Bären-Wandler, dem ich je begegnet bin. Bis dahin glaubte ich, diese Spezies sei ein Mythos. Die Meute nahm ihn gefangen und experimentierte mit ihm.«

»Das überrascht mich nicht«, murmelt Ryker. »Das tun sie mit allem und jedem.«

»Sie müssen deshalb meine Sorge verstehen«, fährt Herr Moon fort. »Sollte es ihnen gelungen sein, Bären-Wandler mit Wölfen zu vermischen, muss ich dem nachgehen. Ich werde es nicht zulassen, dass mit Wesen meiner Art experimentiert wird.«

»Aber es war in Ordnung, als sie das mit uns Katzen getan haben?«, fauche ich und fühle den Zorn in mir aufsteigen. »Sie mussten doch davon wissen, wenn Sie wirklich so weit oben in der Hierarchie der Meute standen.«

Er schaut mir in die Augen und senkt langsam den Kopf. »Ich wusste davon. Bruchstücke, nicht alles. Ich habe Sie manchmal gesehen, als Sie dort aufwuchsen. Ich wusste, dass Sie anders waren als die anderen, nicht nur ein Streuner, den man draußen aufgelesen hatte. Aber es war nur einem kleinen Kreis von Mitarbeitern gestattet, mit Ihnen Kontakt aufzunehmen. Die waren alle an dem Experiment beteiligt. Alles wurde streng überwacht, jedes Gespräch aufgezeichnet. Und ich hatte andere Sorgen.«

Klar doch. Es gibt immer etwas Wichtigeres.

»Herr Moon hat mich aufgenommen«, sagt Lennox ruhig. »Nachdem ich von der Meute geflohen war, lief ich eine ganze Weile wild durch die Gegend. Ich war nur einige Stunden lang total außer mir, aber es dauerte Wochen, bis ich wieder vollständig ich selbst war. Und ich war nicht vorsichtig genug – die Meute hat mich beinahe wieder eingefangen. Aber Herr Moon half mir und bot mir ein neues Zuhause.«

»Wenn du für ihn arbeitest«, werfe ich ein, immer noch wütend auf den älteren Wolf.

Lennox zuckt die Schultern. »Ja, aber das war *meine* Entscheidung. Ich hätte weggehen und versuchen können, alleine zu überleben. Ich habe mich dafür entschieden zu bleiben. Ohne Herrn Moon hätte ich nicht lange genug überlebt, um dich wiedersehen zu können.«

Dem würde ich gerne widersprechen, aber ich sage nichts.

»Zurück zu dieser Sache«, sagt Herr Moon und räuspert sich wieder. »Ich muss diese Wölfe finden und diejenigen, die sie erschaffen haben.«

Ich unterdrücke ein Stöhnen. Das hört sich nach einer Wiederholung meiner eigenen Katzen-Klon-Situation an. Ich werde jetzt nicht auch noch Wolfs-Klone untersuchen. Ich mag Lennox, *obwohl* er ein Wolf ist, nicht weil er es ist. Katzen und Hunde sind auf der Arten-Ebene nun einmal nicht kompatibel. Bei Individuen mag es Ausnahmen geben. Lennox ist so eine, hauptsächlich, weil er sich meistens wie eine Katze verhält.

»Lennox und Ryker habe sich die Leichen angeschaut, nachdem ich gegangen war. Ich habe nur ein Katzenjunges vor den Wölfen beschützt, das war alles. Danach hatte ich keine Zeit mehr, mir um merkwürdige Wölfe Gedanken zu machen. Dazu war ich zu beschäftigt.«

Was eine kühne Untertreibung ist. Beschäftigt ist ein zu schwacher Begriff.

»Als wir zurückkamen, waren die Leichen verschwunden«, erklärt Lennox. »Ich hatte keine Gelegenheit, dir das zu sagen.«

Stimmt, denn als sie zurückkamen, war ich total von der Rolle und schüttete Griffon gerade mein Herz aus. Besser nicht daran denken. Im Moment bin ich die Business-Kat; da ist kein Raum für Gefühle.

»Das bedeutet, es gab mehr von ihnen, nicht nur die drei, die Sie getötet haben«, sagt Herr Moon und drückt damit aus, was alle vermuten.

»Es könnten aber auch ihre Schöpfer, nicht weitere Wölfe gewesen sein«, antworte ich. »Ich hätte gerochen, wenn weitere Wandler in der Nähe gewesen wären. Ich war in höchster Alarmbereitschaft und gewandelt. In diesem Zustand hätten sie schon sehr weit weg sein müssen, um von mir nicht bemerkt zu werden.«

Er nickt. »Das würde bedeuten, dass sie die Wölfe entweder von weitem überwacht haben und so mitbekamen, dass diese getötet wurden; oder Nicht-Wandler haben euch beobachtet, ohne dass ihr das mitbekommen habt. Möglicherweise Sirenen.«

Ich schüttele den Kopf. »Das ist unwahrscheinlich. Ich hatte genug Kontakt mit Sirenen, um ihren Geruch unterscheiden zu können. Er ähnelt dem von Menschen, ich kann den Unterschied aber erkennen.«

»Da gibt es tatsächlich einen Unterschied?«, fragt er und scheint ehrlich überrascht zu sein. »Das wusste ich nicht. Kein Wolf hat je zwischen einem Menschen und einem Siron unterscheiden können, weshalb ich auch so lange gebraucht habe, bis ich wusste, wer in Wahrheit die Meute kontrollierte.«

Interessant. Früher bei der Meute fiel mir durchaus auf, dass einige Leute anders rochen als der Rest, aber ich habe dem keine Bedeutung beigemessen. Aber im Rückblick war ich damals schon in der Lage, Sirenen und Menschen auseinanderzuhalten, mir war es nur nicht bewusst. Wenn das stimmt, was Herr Moon uns sagt, dann weiß er wahrscheinlich nicht, dass sich ein Siron hier im Raum befindet.

Ich wechsle einen Blick mit Griffon, der wohl denselben Gedanken hatte. Hoffentlich findet der Wolf das nicht heraus. Griffon ist das Ass in meinem Ärmel, von dem keiner wissen soll.

»Könnten Sie mich dahin führen, wo der Kampf stattgefunden hat?«, fragt Herr Moon liebenswürdig.

Der Kerl gibt wirklich nicht auf.

»Tut mir leid, aber...«

»Ich kann Ihnen im Gegenzug etwas anbieten«, unterbricht er mich. »Sie haben es vielleicht nicht mitbekommen, aber die Nachricht von den Ereignissen der vergangenen Nacht hat sich schon verbreitet. Keine Sorge, Lennox hat nichts verraten. Ich habe überall Augen und Ohren. Ich weiß, dass ihr ein Labor der Meute angegriffen habt und ich nehme an, der Grund dafür war, mehr über Projekt Indigo herauszufinden?«

Er kennt selbst den Namen dieses verdammten Experiments? Ich könnte Lennox umbringen, weil er mich nicht zuvor diesem Wolf vorgestellt hat. So hätten wir schon viel früher Antworten bekommen können.

Ich lasse mir mein Interesse nicht anmerken. »Da vermuten Sie richtig.«

»Dann wird Ihnen mein Vorschlag gefallen. Sie helfen mir, die Wölfe zu finden, und ich helfe Ihnen, die verbleibenden Klone aufzutreiben. Die sich in einer Einrichtung befinden, die Sie noch nicht entdeckt haben.«

FÜNFZEHN

Ich halte meine Teetasse fest umklammert und starre den aufsteigenden Dampf an. Da hat mir jemand eine Spur direkt auf dem Präsentierteller gereicht, an meine Haustür gebracht. Und ich hätte ihn/sie beinahe nicht eintreten lassen.

Herr Moon und sein schweigsamer Begleiter sind fortgegangen und haben versprochen, in der Dämmerung zurückzukommen. Er stellt ein Team zusammen, mit dem wir nach den Wolfs-Mutanten suchen können. Ich weiß nicht, wozu genau er meine Hilfe braucht, wo er doch ein Team exzellenter Fährtenleser zur Verfügung hat, aber gut. Er hat mir Informationen über meine Schwestern angeboten, also bin ich gern bereit, ihn zu unterstützen.

Die Zwillinge waren sofort wieder da, nachdem die Besucher gegangen waren. Vielleicht haben sie draußen gelauscht, aber sie sagen kein Wort zu irgendeinem der besprochenen Themen. Sie nippen an ihren Tassen mit heißer Schokolade, die Bethany ihnen bereitet hat. Sie haben eine eigenartige Beziehung zueinander entwickelt. Ich glaube, sie hat ihre Herzen im Sturm erobert, als sie ihnen den Kakao gemacht hat; der Gesichtsausdruck der Zwillinge war sehenswert.

»Tut mir wirklich leid«, sagt Lennox zum dritten oder vierten Mal. »Ich bin nur zu ihm gegangen um ihm zu sagen, dass ich noch eine Weile verhindert sein werde. Aber jemand in unserer Kohorte hatte im Wald Blut gesehen, und ich hab herausposaunt, dass ich wüsste, woher das stammte.«

»In deiner Kohorte?«, fragt Lily. »Ist das nicht ein medizinischer Begriff?«

»Ja, unter anderem, aber Rudel hört sich so an wie Meute und die gibt's in der Stadt ja schon. Deshalb hat sich Herr Moon diese Bezeichnung ausgewählt. *Komm zur Kohorte* ist sein Motto.«

»Puh, ich traue ihm nicht.« Vier macht aus ihrem Abscheu keinen Hehl. »Er hat für die gearbeitet und wusste, was vor sich ging. Er hätte die Experimente stoppen können, aber er ging fort und ignorierte alles andere.«

»Der Meinung bin ich auch«, murmelt ihre Schwester und starrt in ihre Tasse. »Die Dinge hätten einen ganz anderen Verlauf nehmen können, wenn er und Leute wie er nicht feige den Schwanz eingekniffen hätten. Er mag sich für einen guten Kerl halten, weil er weggegangen ist und eine bessere Organisation gegründet hat, aber es bleibt dabei – in meinen Augen ist er ein Feigling und Egoist.«

»Hört, hört.« Vier hält ihre Tasse zum Anstoßen hoch. »Darauf trinken wir.«

Lily kichert. »Beth, hast du denen was in den Kakao getan?«

»Vielleicht ein bisschen zu viel Zucker«, gibt Bethany zu. »Aber sie sahen so aus, als könnten sie einen kleinen Muntermacher gebrauchen.«

Sie wird die Zwillinge verwöhnen, das zeichnet sich jetzt schon ab. Genauso, wie Benjamin Rykers Katzen verwöhnt, vor allem die Kleinen. Ich wette, da sitzen und liegen gerade einige auf seinem Bett und leisten ihm Gesellschaft, während er seine Erkältung ausschläft.

»Hat jemand mal nach Benjamin gesehen?«, frage ich die Mädchen, denn als guter Arbeitgeber hat man ja seine Verpflichtungen.

»Ja, ihm geht's besser«, sagt Bethany gähnend. »Und K2 ist noch immer ausgeknockt. Wir müssen uns bald überlegen, ob wir sie weiter ruhigstellen oder riskieren wollen, dass sie aufwacht.«

»Wir können sie nicht ewig in diesem Zustand halten«, protestiere ich. »Das würden nur die Mitglieder der Meute tun«.

»Hast du vergessen, wie sie mich gefoltert hat?«, gibt Ivy böse zurück. »Sie ist ein Sicherheitsrisiko. Sie wird uns töten, sobald sie eine Gelegenheit wittert. Griffon wird sie nicht ewig kontrollieren können.«

»Nein, aber vielleicht finden wir einen Weg, sie zu heilen«, antworte ich und versuche, dabei nicht zu streng zu klingen. Ivy hat ja Recht mit ihren Bedenken. K2 ist unberechenbar und angesichts der Tatsache, dass sie mich beinahe umgebracht hätte, sollte ich mich ebenfalls vor ihr fürchten. Aber ich empfinde nur Mitleid für sie.

Ich seufze. »Lasst uns mal darüber reden, was vergangene Nacht passiert ist. Ich habe da etliche Lücken, genau wie ihr nicht wisst, was zwischen K2 und mir geschehen ist. Wer möchte anfangen?«

»Ich«, grinst Lennox. »Mich hat explodierende Hirnmasse getroffen.« Er hört sich richtig zufrieden über diesen Umstand an. Sollte ich mich in diesem Moment fragen, ob ich den richtigen Freund ausgesucht habe?

Ich lächele ihn an. »Mich würde mehr interessieren, was dazu geführt hat, dass dieses Gehirn explodiert ist. Was geschah, nachdem ich gegangen war?«

»Der Typ wurde sehr viel umgänglicher, als Lennox mit dem Halsband zurückkam«, erklärt Vier mit frechem Grinsen. »Fast schon freundlich. Aber wir konnten natürlich nicht sicher sein, ob er die Wahrheit sagte und haben ihm trotz seiner Proteste das Metallband umgelegt.«

»Das fand er gar nicht toll«, fügt ihre Schwester hinzu.

»Überhaupt nicht. Er schrie herum und bettelte, aber Lennox hat das gut gemacht, ihn einfach ignoriert und ihm das Band umgelegt. Sobald es mit einem Klick geschlossen war, bekam der Kerl glasige Augen und sabberte auf sein Hemd.«

Ivy lacht. »Das sah echt komisch aus. Die Phase fand ich am besten.«

»Ich auch. Nach ein oder zwei Minuten ist er dann wieder zu sich gekommen, sah jedenfalls etwas aufnahmefähiger aus. Er konnte Fragen beantworten, obwohl er sehr langsam und merkwürdig sprach. Ungefähr so. Zwei Wörter. Dann Pause.« Sie kichert.

Oje. Meine Schwestern sind schon sehr seltsam.

Zum Glück übernimmt Lennox, sonst müsste ich ihr Lachen irgendwie unterbinden.

»Er sagte uns, er sei nicht von Anfang an dem Projekt beteiligt gewesen, du und K2, ihr wärt schon geboren gewesen, als er Professor Lakefields Assistent wurde. Er wurde Großmutter Doktor zugewiesen, hat aber auch an anderen Experimenten mitgearbeitet, die dich oder andere Klone betrafen. Sorry, euch Schwestern. Einige der Wissenschaftler konzentrierten sich in dem Projekt auf die Verhaltensaspekte, während er sich mehr für die physiologischen interessierte. Also, wie er euer Verhalten eher durch Medikamente als durch das Halsband oder Training verändern konnte.«

Ich greife nach meiner Tasse, um einen Schluck Tee zu trinken, aber sie ist leer. OK, habe jetzt keine Lust aufzustehen und mir neuen zu machen.

»Soll ich raten – er hat die Droge geschaffen, die man uns verabreicht hat? Die ich in dem Labor gefunden habe?

Lennox nickt. »Es ist eine von vielen, mit denen er

experimentiert hat. Ich weiß nicht, wie viele Medikamente man dir und den anderen gegeben hat, aber er hat uns zu einem Aktenschrank geführt, in dem alle Antworten zu finden sein sollen.«

»Keine Angst, wir haben ihn entfernt, bevor wir das Gebäude in Brand gesteckt haben«, sagt Vier mit breitem Grinsen. »Er ist in der Nähe des Labors versteckt, bis wir ihn abholen kommen. Wir hätten ihn hierher tragen können, aber dann kam die Katze und hat gesagt, du seiest verletzt, deshalb hatten wir keine Zeit mehr. Wir haben ihn rausgetragen, während Ivy gezündelt hat und haben ihn versteckt, bevor wir der Katze gefolgt sind.«

»Danke, dass ich Vorrang hatte vor den Akten.«

Sie lächelt, als hätte ich das ernst gemeint. «Gern geschehen.«

»Dann hat er erklärt, welche Wirkung die Droge auf K2 hatte«, fährt Lennox fort. »Wie sie dazu geführt hat, dass sie sich nicht mehr wandeln konnte, gleichzeitig aber immer wilder wurde. Aber wie Vier schon erwähnt hat, kam dann die Katze, und wir haben ihn nach dem Gegenmittel gefragt, wie auf dem Zettel stand. Er wusste sofort, wovon wir sprachen. Ich wette, er hat K2 die Anweisung gegeben, dich zu vergiften.«

»Und dann ist sein Kopf explodiert«, unterbricht Vier. »In kleinste Teilchen auseinandergebrochen. Es hat nicht so sehr geblutet, wie ich erwartet hätte, jedenfalls nicht, bis er umgekippt ist und es aus seinem Hals rausgelaufen ist. Weil ja kein Kopf mehr drauf saß, der es zurückgehalten hätte.«

»Ja, danke für die Erklärung, soweit kenne ich mich in der Anatomie aus«, gebe ich sarkastisch zurück. Ich kann die Retourkutsche nun mal nicht lassen, wenn ich das Gefühl habe, jemand behandelt mich von oben herab oder stellt mein Wissen in Frage. Ich habe schließlich mehr Leute in meinem Leben geköpft, als die meisten Killer je schaffen. Ich bin Experte im Köpfen.

Lennox gluckst vor sich hin. »Also sind wir der Katze hinterhergelaufen, bis wir bei dir waren.« Sein Lächeln schwindet. »Du warst bewusstlos und hast kaum noch geatmet. Ich habe versucht, dir das Gegenmittel einzuflößen, während Ivy sich um deine Wunde gekümmert hat.«

Sie hat sie abgeleckt, will er damit sagen. Meine Schwester hat meinen Arm abgeschleckt. Bestes Katzenverhalten.

»Als es dir besser ging, hat Griffon uns angewiesen, Ryker nach Hause zu bringen. Die Zwillinge wollten bei dir bleiben, aber ich war mir nicht sicher, ob Ryker nicht Ivys Hilfe brauchen würde, deshalb gingen wir alle zusammen. Den Rest kennst du.«

Er wollte, dass Ivy meinen Ryker ableckt. Nachdem sie das schon bei Griffon gemacht hat. So langsam gerät das außer Kontrolle.

Lily steht auf und stellt den Wasserkessel auf den Herd. »Hört sich an, als hättet ihr viel Spaß gehabt, während wir uns hier zu Tode gelangweilt haben«, beschwert sie sich. »Das nächste Mal bestehe ich darauf, mitgenommen zu werden.«

»Ryker hatte Herzstillstand, Griffons Bauch wurde

aufgeschlitzt, Kat wurde verletzt und vergiftet, und alle zusammen hat man fast vergast«, fasst Bethany zusammen. »Ich bin eigentlich ganz froh, dass ich zu Hause war.«

Lily zuckt die Schultern. »Wenn man es so sieht...«

»Jetzt bist du dran, was hat K2 dir erzählt?«, will Vier wissen und geht nicht weiter auf die beiden Menschen ein. Eigentlich sollte ich Lily nicht als reinen Menschen betrachten, aber sie sieht wie einer aus und ihre Hauptfähigkeit liegt darin, Männer zu verführen. Das gibt ihr nicht besonders viel Macht. Ich bin froh, dass sie meine Gedanken in diesem Moment nicht lesen kann; sie würde mich umbringen. Nichts ist ihr mehr zuwider, als für normal gehalten zu werden.

»Zunächst muss ich betonen, dass sie vollkommen bei sich war«, beginne ich, nachdem Lily meine Tasse wieder aufgefüllt hat. »Nicht wie vorher, als sie wie ein Zombie war oder später, als sie uns wie ein roboterhafter Ninja angegriffen hat. Nein, sie schien ganz normal, wie jemand mit Gefühlen und Ausdrucksmöglichkeiten und Eigenleben.«

»Wie poetisch du doch sein kannst«, neckt mich Bethany.

»Halt den Mund. Sie hat mir gesagt, dass sie manchmal solche Momente erlebt, wenn sie volle Kontrolle über ihr Denken und Fühlen hat, aber dass diese Momente immer seltener werden.« Ich erzähle ihnen auch noch den Rest von dem, was K2 mir anvertraut hat und bedaure ein wenig, dass Griffon mein einziger Zeuge war. Die Zwillinge sehen mich an, als glaubten sie mir nicht. Oder zumindest, als hielten sie es nicht für möglich, dass K2 so wach und klar gewesen ist. Verständlich, von ihrer Warte aus. Ivy wurde von K2 gefoltert, und beide Zwillingsschwestern wurden mehrfach von ihr angegriffen. Da wird man vorsichtig.

»Vielleicht können wir etwas über das Sirenennetz herausfinden, das in den Akten erwähnt wird«, sagt Griffon am Ende meiner Erklärungen. »Wer kommt mit und hilft mir, sie herzuschaffen? Ich möchte lieber nicht hier sein, wenn der Wolf zurückkommt.«

»Ich komme mit«, sagen Ryker, Ivy und Vier wie aus der Pistole geschossen. Ich muss lachen. Sie wollen offensichtlich nichts mit den Wölfen zu tun haben. Geht mir genauso, aber ich habe keine große Wahl. Ich hoffe nur, es lohnt sich und Herr Moon verfügt wirklich über die Informationen, die er versprochen hat.

Ich schaue auf die Uhr. »Es dauert noch ein paar Stunden, bis er wiederkommt. Bis dahin wird K2 aufwachen. Was sollen wir mit ihr tun? Griffon, denkst du, dass du sie unter Kontrolle halten kannst?«

Er zieht die Stirn in Falten, nickt dann aber. »Ja, aber nur solange ich wach bin. Ich sage das nicht gerne, aber ich bin dafür, sie zu sedieren, während ich schlafe. Das ist sicherer für uns alle, bis wir eine bessere Lösung gefunden haben. Wenn wir sie jetzt wecken, werde ich eine Weile bei ihr bleiben und ein bisschen experimentieren, wie ich sie am besten kontrollieren kann.«

Oh-O. Das hört sich gefährlich an. »Möchtest du Gesellschaft?«

Er schüttelt den Kopf. »Ich kann mich besser

konzentrieren, wenn ich dich nicht in meinem Hemd sehe. Aber wenn du mich schreien hörst, komm bitte und rette mich. Das könntest du dann sogar ohne Hemd tun.«

Die Zwillinge kichern, während ich mir ein Loch im Boden wünschte, in dem ich versinken könnte.

Sechzehn

Die Abenddämmerung bricht schneller herein als mir lieb ist. Ich habe mich an Lennox' Brust gekuschelt und atme seinen Duft ein. Wir sitzen im Wohnzimmer, ich kann ihn also nicht so berühren, wie ich das am liebsten täte, aber dies ist besser als nichts. Ich trage wieder meine übliche schwarze Kleidung. Leider nicht meine Lieblings-Leder-ausstattung – an der wird viel zu reparieren sein, wenn der Anzug überhaupt zu retten ist.

Ich fühle mich viel wohler, jetzt wo meine Messer wieder am üblichen Ort sind, außerdem die Giftpfeile und eine Garotte. Man weiß ja nie, wen man erwürgen muss.

Griffon, Ryker und die Zwillinge sind gegangen, sobald die Sonne hinter dem Horizont verschwunden ist. Ich bezweifle, dass sie zurückkommen, bevor die Wölfe wieder verschwunden sind. Benjamin ist noch im

Bett ebenso wie K2, der wir wieder ein Beruhigungsmittel gegeben haben. Ich war nicht dabei, als sie wach war; Griffon hat Stunden damit verbracht, nach einem Zugang zu ihr zu suchen, ohne dabei die Kontrolle über sie zu verlieren. Bis jetzt noch ohne Erfolg, was ihn frustriert, aber er hat die Hoffnung noch nicht aufgegeben. Vielleicht finden wir ja etwas Nützliches in den Unterlagen, die sie gerade herbeischaffen.

Lennox richtet sich hinter mir auf. »Sie kommen.«

Ich fahre meine Sinne aus, kann aber nichts hören oder riechen. »Woher weißt du das?«

»Das ist bei Wölfen so.«

Gut, das erklärt es nicht wirklich, aber ich belasse es dabei. Es geht schließlich um Wichtigeres heute Abend. Wie Wolfs-Mutanten zu finden, damit Herr Moon mir sagt, wo sich meine übrigen Geschwister aufhalten.

Es dauert noch fünf Minuten, bis er mit seinen Gefährten eintrifft. Statt sie wieder in unseren Wagen zu lassen, erwarten wir sie draußen. Meine Möbel sollen schließlich nicht alle nach Wolf stinken. Lennox darf als einziger seinen Geruch in unserem Zuhause verbreiten, und selbst dann bin ich froh, dass wir Katzen in der Überzahl sind.

»Frau Feln, freut mich, dass Sie Ihre Meinung geändert haben«, sagt Herr Moon an Stelle einer Begrüßung. Fünf Wölfe begleiten ihn, alle schwarz gekleidet und alle sehr, sehr groß. Es scheint so, als nähme er nur die stärksten Exemplare in seine Truppe auf; vielleicht sind die anderen aber auch zu Hause und erledigen weniger aufregende Arbeiten.

»Sind Sie bereit zu gehen?«

Ich nicke. »Wir können starten.«

»Führen Sie uns bitte zunächst an den Ort, an dem Sie mit den Wölfen gekämpft haben. Die meisten Spuren werden zwar mittlerweile vernichtet sein, aber vielleicht finden wir noch etwas, das andere Leute übersehen haben.«

Ich versuche, meine Augen nicht himmelwärts zu richten. Ja, warum nicht ein bisschen Zeit verschwenden. Als einzige Katze unter einer Gruppe vor Testosteron strotzender Wolfs-Wandler. Was könnte da nur schief gehen?!

Drei von ihnen nehmen ihre Wolfsgestalt an, aber Herr Moon behält seine menschliche Form. Er lächelt freundlich. »Nach Ihnen, bitte«.

Bis wir den Wald erreicht haben ist es dunkel. Selbst für mich, die ich doch ein Nachtwesen bin, fühlt sich ein Wald bei Nacht gespenstisch an. Wir haben ewig gebraucht für den Weg. Mir war nicht bewusst, wie weit es war. Beim letzten Mal war ich ein Panther, in dessen Adern noch das Adrenalin vom Kampf pumpte. Als Mensch ist man da deutlich langsamer.

Herr Moon hat kein Gespräch begonnen, und mir ist nicht nach einem Austausch mit Lennox, solange wir ein Publikum haben, also gehen wir schweigend. Der Wolf hat uns seine Gefährten nicht vorgestellt, aber das ist mir egal. Ich werde sie nach dieser Aktion sowieso nie wiedersehen.

Als wir uns der Stelle nähern, an der die Wölfe das Kätzchen umzingelt hatten, konzentriere ich mich wieder auf meine Sinne, sauge die Luft ein, achte auf alle Geräusche in diesem Wald. Viele Tiere sind seit dem Kampf hier vorbeigekommen, und der schwache Geruch von Regen deutet daraufhin, dass kaum noch Spuren zu finden sein werden.

Ich erkenne den Ort sofort wieder, auch im Dunkeln. Und wie ich Herrn Moon schon gesagt habe, gibt's hier nichts mehr zu sehen. Nasse Blätter bedecken den Boden an der Stelle, wo ich die Leichen der Mutanten-Wandler zurückgelassen habe.

»Verteilt euch und sucht die Gegend ab«, befiehlt er dennoch. Ich bleibe dicht bei Lennox und beobachte, wie die Wölfe sich an die Arbeit machen. Diejenigen in Wolfsgestalt halten ihre Nasen dicht am Boden, während die anderen die Bäume näher untersuchen und Steine umdrehen. Ganz schön blöd, wenn man mich fragt, aber das tut keiner.

Nachdem er seinen Leuten eine Weile bei ihrer Arbeit zugesehen hat, tritt Herr Moon in die Mitte des Tatorts. Seine dunklen Augen beginnen rot zu glühen, wie brennende Kohlen, während er sich langsam im Kreis dreht. Das muss solch ein schauriges Wolfsritual sein, das ich nicht kenne.

»Was macht er da?«, frage ich Lennox, aber mein Wolf ist wie versteinert, die Augen auf Herrn Moon gerichtet. Auch seine Augen glühen ein bisschen, nicht so wie die des Meisters, aber genug, um mir Angst zu machen.

»Lennox?!«

Er reagiert nicht, zwinkert nicht einmal. Mist. Unter was für einem Bann stehen die alle? Keiner der Wölfe bewegt sich; sie sind wie in Trance. Ich habe so etwas noch nie gesehen, nicht einmal bei der Meute, wo es reichlich Wolfs-Wandler gab. Ich glaubte, alles über sie zu wissen. Das scheint nicht der Fall gewesen zu sein.

Ich gehe auf Herrn Moon zu, bewege meine Hand vor seinem Gesicht. »Was zum Teufel machen Sie da?«

»Ruhe«, knurrt er, ohne mich anzusehen.

Er wird mir nicht verbieten zu reden. Er hat meinen Freund, meinen Gefährten, irgendwie unter seine Kontrolle gebracht. Das werde ich nicht zulassen.

Mit einer einzigen fließenden Bewegung ziehe ich ein Messer und halte es ihm an die Kehle. Der Stahl glitzert in der Dunkelheit, ein vertrauter Anblick, der mich etwas beruhigt. Die meisten Dinge lassen sich mit einer Klinge und Entschlossenheit regeln.

»Lass ihn gehen«, fauche ich und blecke die Zähne. Ich spüre, wie meine Eckzähne zu Fangzähnen wachsen, als ich ihn so anstarre.

Er reagiert nicht, zuckt nicht einmal. Ich drücke das Messer tiefer in seine Haut, bis ein wenig Blut fließt.

»Halt«, stöhnt er und klingt plötzlich erschöpft, auch wenn sein Gesichtsausdruck unverändert bleibt. »Nur noch ein bisschen.«

Ein bisschen was? Zeit? Blut? Lebensenergie meines Gefährten? Ich lausche auf Lennox' Herzschlag um sicherzugehen, dass mit ihm alles stimmt. Der Puls ist etwas beschleunigt, aber er ist nicht in Gefahr.

»Noch eine Minute, dann schneide ich dir die Kehle durch«, verkünde ich, drücke aber nicht mehr so fest zu. Er soll sich schließlich nicht selbst verletzen, wenn er eine plötzliche Bewegung macht. Ich mag Moon zwar nicht, bin aber schlau genug zu erkennen, dass sein Tod mir viel Ungemach einbringen würde. Er ist mächtig. Außerdem würde es Lennox sicher nicht toll finden, wenn ich seinen Chef umbringe.

Ich zähle die Sekunden und bereite mich darauf vor, meiner Ankündigung Taten folgen zu lassen; aber kurz vor Ablauf der Frist hören Moons Augen auf zu glühen und er macht einen Schritt zurück, mit gesenkten Schultern und schwer atmend. Er sieht aus, als hätte er gerade mit einem Rudel tollwütiger Hunde gekämpft oder wäre einen Marathon gelaufen.

»Kat«.

Ich wirbele herum und laufe zu Lennox. Er ist gegen einen Baumstamm gelehnt und sieht genauso erschöpft aus wie sein Arbeitgeber.

»Verdammt nochmal, was ist da gerade passiert?«, will ich wissen. »Du hast mich zu Tode erschreckt.«

»Tut mir leid, ich hatte keine Ahnung, dass er das tun würde.«, stößt er hervor und hält sich die Seite. »Sonst hätte ich dich gewarnt. Mist, ich hatte vergessen, wie bescheiden ich mich danach immer fühle.«

»Wonach?«

»Der Verbindung«, erklärt Herr Moon und klingt nicht mehr so übermütig wie zuvor. »Das ist eine

Praxis, die nicht vielen bekannt ist. Ich bin wahrscheinlich der einzige Wolf in dieser Stadt, der diese Technik beherrscht. Die Mitglieder der Meute tun es mit Sicherheit nicht, sie würden damit nur Unheil anrichten.«

»Aber was genau ist das?«

»Wir verbinden unser Denken, um Erkenntnisse zu gewinnen und Echos aufzuspüren, die wir sonst nicht erkennen würden. Echos von Bewusstsein, Spuren von Leben an diesem Ort. Es funktioniert nur in Bezug auf andere Wölfe, und ich hatte Zweifel, ob in diesen Mutanten noch genug Wolfsanteil steckt, aber zum Glück war das der Fall.«

Ich bin sprachlos. Echos von Bewusstsein? Das hört sich nach gequirltem Blödsinn an.

Lennox nimmt meine Hand. »Ich weiß, dass du ihm jetzt am liebsten an die Gurgel gehen würdest, aber tu das bitte nicht. Er sagt die Wahrheit.«

»Wollte ich gar nicht«, murmele ich, bin mir aber nicht so sicher. Herr Moon geht mir gehörig auf den Geist, und ich weiß nicht, wie lange ich mich noch beherrschen kann.

»Wir haben die Wölfe gesehen«, fährt Lennox fort, und ich starre ihn überrascht an. »Ist schwer zu erklären, aber du kannst dir das wie Schatten vorstellen. Sie sind fort, aber ihre Schatten sind noch hier, und das viel länger als ihr Geruch. Du hast zweien die Kehle durchgebissen und einem den Bauch aufgeschlitzt, stimmt's?«

Ich nicke langsam. Der Geschmack des Wolfsbluts füllt wieder meinen Mund, eine süße Erinnerung, die mich eigentlich anwidern sollte. Im Kopf finde ich das auch abstoßend, aber mein Körper verrät mich. Mein Speichelfluss kommt sofort in Gang, und ich schlucke schwer und zwinge mich, an etwas anderes zu denken.

»Wir haben dich selbst während der Verbindung nicht gesehen, aber wir sahen, wie sie starben. Sie lagen eine Weile hier und wurden dann weggetragen. Aber nicht von Wölfen. Wir konnten nicht erkennen, wer das getan hat.«

»Was bedeutet, dass wir es mit Menschen, Sirenen oder gänzlich anderen Wesen zu tun haben«, sagt Herr Moon mit fester Stimme und klingt wieder fast wie zuvor. Die anderen Wölfe umringen ihn, sehen alle etwas mitgenommen aus. Ich frage mich, ob er sie vorgewarnt hat, bevor er die Verbindung herstellte. Meiner Meinung nach sollte so etwas zustimmungspflichtig sein.

»Meister, ich habe etwas gesehen.« Ein drahtiger Mann tritt vor, sein weißer Kinnbart leuchtet in der Dunkelheit.

»Ja, Jack?«

»Vielleicht hat es nichts zu bedeuten, aber da war ein Schimmern, wie das, von dem ich Ihnen vorher erzählt hatte.«

Herr Moon seufzt. »Was im Endeffekt nichts bedeutete.«

»Aber was, wenn doch?«, fragt Jack trotzig.

Moon seufzt erneut, etwas theatralischer. »Also gut, sag mir, was genau du gesehen hast. Wo war dieses Schimmern?«

Jack macht ein paar Schritte auf einen großen Baum zu. Ich erinnere mich, dass ich an ihm vorbeigesprungen bin, kurz bevor ich dem ersten Wolf die Kehle durchgebissen habe. Wieder rieche ich sein Blut auf meiner Zunge. Ich balle die Hände zu Fäusten, drücke meine Fingernägel in die Haut. Der Schmerz zwingt mich, bei der Sache zu bleiben.

»Hier war es. Die Figur einer Frau, schlank, klein, lange Haare. Ich konnte ihre Gesichtszüge nicht erkennen. Sie schaute auf die Wölfe und beobachtete, wie sie fortgetragen wurden. Sie hat Macht. Deshalb konnte ich sie sehen. Sie war die Anführerin, da bin ich mir sicher.«

»Eine mysteriöse Frau als Anführerin der Mutanten«, murmelt Herr Moon. Es klingt nicht, als sei er überzeugt. »Hat noch jemand etwas vorzubringen? Weitere Spuren? Gerüche?«

Niemand meldet sich. Entweder ist sein Team nicht besonders gut, oder es gibt nichts zu finden. Ein »hab ich doch gesagt« liegt mir auf der Zunge, würde aber nicht dem professionellen Image entsprechen, das ich gerne aufrechterhalten möchte. Drohen und Angst verbreiten gehören ja zu meinem Repertoire, aber nicht unbedingt gleich mit einem Messer und ganz sicher nicht, wenn ich von meinem Gegenüber etwas will. Hoffen wir mal, dass er diese kleine Episode vergisst.

»Jack, kannst du diesem Schimmern folgen?«, sagt er mit hörbarem Widerwillen.

Jack nickt. »Eine kurze Strecke, aber wir müssten

die Verbindung noch einmal aufbauen, sonst bin ich nicht stark genug.«

»Das ist unmöglich«, antwortet Herr Moon mit Nachdruck. »Das erste Mal hat schon zu viele unserer Reserven aufgebraucht. Kannst du deinen Voodoo-Zauber nicht auf andere Weise durchführen?«

»Das ist kein Voodoo«, beschwert sich Jack. »Ich reagiere nur etwas sensibler auf bestimmte Stimuli als andere.«

Herr Moon verdreht die Augen, als hätte er diese Unterhaltung schon öfter geführt.

»Es könnte helfen, wenn mich jemand berührt, der die Mutanten gesehen hat. Der sie berührt hat.«

Ähm, bin ich damit gemeint?

»Kein Anfassen«, knurrt Lennox und steht plötzlich an meiner Seite, schiebt mich hinter sich und stellt sich schützend vor mich.

Platz, mein Hündchen. Das sage ich natürlich nicht. Will ihn ja nicht vor den anderen Wölfen blamieren. Ich lasse ihn also hier das Alpha-Männchen und den Macho spielen, aber warte nur, wenn wir wieder zu Hause sind... Da werde ich ihm zeigen, wer hier der Boss ist. Schon bei dem Gedanken steigt in mir die Hitze auf. Ja, ich werde ihn zurechtstutzen.

»Ich muss sie berühren, das ist unbedingt notwendig«, versucht Jack es erneut. »Sie hat die Wölfe getötet und trägt davon Spuren an ihrem Körper. Wenn ich ihre Erinnerungen lesen kann, gelingt es mir vielleicht, die andere Frau aufzuspüren.«

»Moment mal, du willst dir meine Erinnerungen

ansehen?« Ich schiebe mich vor Lennox und starre ihn nieder. »Auf keinen Fall.«

Er senkt den Kopf und scheint darüber selbst erstaunt zu sein. Ich nehme an, er ist es nicht gewohnt, sich gegenüber Leuten außerhalb seiner Kohorte unterwürfig zu zeigen. Besonders nicht Katzen gegenüber. »Nicht die Erinnerungen als solche, Fräulein, nur … man muss sich das wie Fußabdrücke vorstellen. Die zeigen auch nicht die Person als solche, lassen aber Rückschlüsse auf Körpergröße und Gewicht zu. So ähnlich ist das, und auch wieder nicht.«

»Jack ist unser Hausphilosoph«, stöhnt Herr Moon. »Die Hälfte von dem, was er sagt, ergibt keinen Sinn, aber in Ausnahmefällen hat er Recht und einen brillanten Einfall, der uns tatsächlich hilft. Deshalb lassen wir ihn gewähren.«

Fußabdrücke. Schimmern. Verbindung. In meinem Kopf wirbeln all diese merkwürdigen Konzepte durcheinander. Und dabei hatte ich nur ein einfaches Spurenlesen erwartet. Ich wünschte, ich wäre wieder zu Hause in unserem warmen Wagen mit einer Tasse heißer Schokolade, einem Katzenminze-Keks und ein oder zwei warmen Körpern, an die ich mich kuscheln kann. Na, zumindest ist Lennox hier bei mir. Ich mache einen Schritt zurück, bis ich gegen ihn stoße, als sei dies rein zufällig. Er reagiert nicht – na ja, der größte Teil seines Körpers tut das nicht. Ich unterdrücke ein Lächeln. Wenigstens einer berührt mich gern...

Was mich wieder in die Gegenwart zurückholt. »Du

kannst also meine Erinnerungen nicht sehen?«, will ich zur Bestätigung nochmals wissen.

»Nein, deine Geheimnisse sind bei mir sicher aufgehoben«. Jack grinst mich an, sein Ziegenbärtchen zuckt dabei merkwürdig. Sehr beruhigend.

»Dann hab ich wohl keine Wahl.« Ich strecke ihm meine Hand entgegen. »Hier, nimm, das ist alles, was ich dich berühren lasse. Und beeil dich bitte, ich habe noch Wichtigeres zu tun, als mich ... anfassen zu lassen.«

Lennox kichert leise, nur für meine Ohren hörbar.

Jack nimmt meine Hand vorsichtig zwischen seine, als habe er Angst, ich würde ihn aufschlitzen, wenn er sich nicht an die Regel hält. Was unbedingt den Tatsachen entspricht. Meine andere Hand halte ich in Hüfthöhe, dicht am Knauf meines Dolches. Sollte er eine falsche Bewegung machen, werde ich ihm die Kehle durchschneiden, bevor er sich noch dafür entschuldigen könnte.

»Schließe bitte deine Augen und erinnere dich an das, was hier passiert ist«, sagt er mit plötzlich ruhiger, tiefer Stimme. Ich tue wie mir geheißen, entspanne mich aber nicht. Auch mit geschlossenen Augen sind alle meine anderen Sinne noch im Alarmzustand, auch wenn man mir das äußerlich vielleicht nicht ansieht.

»Versetze dich zurück an den Zeitpunkt, als du hier ankamst. Du bist der Katze zu Hilfe gekommen, richtig? War sie verletzt?«

»Sie wurde angegriffen. War umzingelt von drei Wölfen.«

»Du musst das nicht laut aussprechen«, murmelt er. »Erinnere dich nur, stelle es dir mit so vielen Einzelheiten wie möglich vor.«

Na gut. Was für komisches Zeug.

Die kleine Katze miaut. Da sind die Wölfe, wie tollwütig, Speichel fliegt aus ihren Schnauzen. Ihre Krallen, scharf, die Morgensonne spiegelt sich darin. Der Geruch der Blätter, als ich auf sie zu renne. Der Wind zerzaust mein Fell. Dann der erste Biss, das Blut. So süß, dass ich nicht widerstehen konnte.

»Gut, sehr gut«, flüstert Jack. »Mach weiter.«

Der erste Wolf, liegt tot am Boden. Der zweite, er springt hoch über mir, dann regnen Organe auf mich herab. Noch mehr Blut. Der dritte Wolf. Ich auf seinem Rücken, meine Zähne in seinem Nacken. Noch ein Toter. Mehr Blut. Dann das Kätzchen, es miaut geschockt.

»Ich hab's. Chef, das wird dir nicht gefallen.«

Ich öffne die Augen, sobald Jack meine Hand loslässt.

»Wieso, was ist los?«, fragt Herr Moon mit ernster Stimme.

»Sie ist es. Die Hypnotisane.«

Siebzehn

Lennox und ich warten auf weitere Erklärungen, aber Herr Moon ist derzeit nicht in der Lage, welche zu geben. Er kämpft gegen eine Wandlung an, hervorgerufen durch die Wut, die aus seinen dunklen Augen spricht. Schwarzes Fell bricht aus seiner Haut hervor, und seine Fingernägel krümmen sich zu Klauen. Er hat fast den Punkt ohne Wiederkehr erreicht, aber er ist stark. Vielleicht gelingt es ihm wirklich, die Wandlung aufzuhalten.

Alle sind zurückgewichen und beobachten die Szene aus sicherer Entfernung. Man sollte nie zu dicht an einen Wandler herantreten, der versucht, die Kontrolle zu behalten. In der Mitte einer solchen Wandlung sind wir verwundbar, weshalb unsere Instinkte dann die Oberhand gewinnen. Wenn er einen von uns für eine Bedrohung hielte, würde er die Wandlung vollenden und in null Komma nichts an unseren Kehlen hängen.

»Hast du eine Ahnung, worum es hier geht?«, flüstere ich Lennox zu und verhalte mich dabei äußerlich absolut ruhig, während Herr Moon stöhnt und sich schüttelt.

»Keinen Schimmer. Ich wusste nicht einmal, dass Jack diese Fähigkeit hat. Ich war in der Gruppe allerdings in letzter Zeit auch nicht gerade aktiv, wie dir vielleicht aufgefallen ist.« Er grinst mich an. »Es gab da aufregendere Dinge zu erledigen.« Er senkt seine Stimme noch weiter. »Einige sagen schon, ich sollte nicht mehr wiederkommen. Ich stinke offenbar nach Katze.«

»Gut, wenn sie dich rauswerfen, weißt du ja, wo dein wahres Zuhause ist. Also, wenn wir wieder ein richtiges Heim haben.«

Er drückt meine Hand. »Warten wir mal ab, was die Zukunft so bringt.«

Ich bin ein bisschen traurig, dass er nicht sofort zustimmt, mit in das neue Haus zu ziehen. Bei mir zu bleiben, statt zu seiner Kohorte zurückzukehren. Das muss mit dem Wolf-Sein zu tun haben. Sie hängen an ihrem Rudel, viel mehr, als wir Katzen das tun. Wir tolerieren einander, und es gibt natürlich Familienbande, aber Rykers Verhalten – eine richtige Katzengemeinschaft zu gründen – ist sehr ungewöhnlich.

Herr Moon beruhigt sich allmählich, und sein Fell bildet sich zurück. Seine Augen glühen noch immer, aber das scheint bei ihm der Normalzustand zu sein. Ein merkwürdiger Mann, so viel ist sicher.

Ich unterdrücke ein Gähnen. Die vergangenen Tage gingen an die Reserven. Um genau zu sein, die vergangenen Wochen. Ich könnte Urlaub gebrauchen. Vielleicht sollten wir das wirklich tun. In verschiedene Städte fahren, uns dort umsehen, bis wir eine gefunden haben, die uns gefällt und dort ein Haus kaufen. Ferien mit Hauskauf. Lilys Zuneigung wäre mir auf ewig gewiss; sie liebt das Reisen. Bei den anderen bin ich mir da nicht so sicher. Wir alle außer Griffon kommen aus dieser Stadt oder zumindest aus der Umgebung. Was aber hält mich wirklich hier? Nichts. Im Gegenteil, wenn die Meute endgültig zerstört ist und ich mir keine Sorgen mehr machen muss, dass andere Wandler in Gefahr sind oder meine Schwestern gequält werden, dann bin ich vollkommen frei. Eine neue Stadt wäre vielleicht genau das, was ich brauche. Ein neuer Anfang. Keine Altlasten. Nur ich und meine Familie und ein Koffer voller Geld.

»Du siehst glücklich aus«, murmelt Lennox. »Darf ich erfahren, wieso?«

»Später«, verspreche ich. »Dein Boss wird gleich wieder ganz der Alte sein. Lass uns dieses Rätsel lösen, damit ich meine Schwestern retten kann.«

Darum geht es hier schließlich. Meine Schwestern. Nicht, dass mir Wölfe egal wären, aber ...na ja, eigentlich sind sie mir egal. Das sind doch nur größere Hunde, die beim Pinkeln das Bein heben und ihre Schwänze nicht unter Kontrolle haben.

Herr Moon glättet seinen zerrissenen Mantel und fährt sich mit der Hand durch seine wilde Mähne; dann kommt er zu Lennox und mir herüber. Er entschuldigt sich nicht für seinen etwas wilden Auftritt.

»Habt ihr von der schon gehört?«, fragt er ohne weitere Vorrede. »Der Hypnotisane?«

Ich schüttele den Kopf. »Nein. Was ist das überhaupt für ein komisches Wort?«

Er knurrt leise. »So nennt sie sich selbst, sogar bei der Meute. Sie ist eine von ihnen. Eine Sirene. Deren mächtigste Waffe. Ich habe noch nie eine verrücktere Frau erlebt, im ganzen Leben nicht, und das will was heißen.« Er lacht. »Ihr hättet meine Ex sehen sollen. Die war schon verrückt genug.«

Ich unterdrücke mit Mühe ein weiteres Augenverdrehen. Als ob mich sein Liebesleben interessierte. Von mir aus könnte er es jede Nacht mit zehn nackten Jungfrauen treiben und dabei Blut saufen. Nein, dieses Bild will ich lieber aus meinem Kopf streichen.

»Sie ist also eine Sirene?«, frage ich und sein von Erinnerungen hervorgezaubertes Lächeln verschwindet.

»Das stimmt. Sehr stark, wie ich erwähnte. Sie konnte sogar uns Wandler kontrollieren, ohne sich allzu sehr anzustrengen. Und das tat sie gerne.«

»Klingt nach einer richtigen Sirene«, murmelt Lennox. »Die lassen andere gern nach ihrer Pfeife tanzen.«

»Sie war emotional sehr ... instabil«, fährt Herr Moon fort. »Beim ersten Treffen dachte ich noch, sie sei ein Teenager, der gerade eine sehr wilde Phase der

Pubertät durchläuft. Aber sie war damals schon Anfang zwanzig. Ihre Gemütsschwankungen führten zu zahllosen Todesfällen. Wenn sie unglücklich war, mussten andere dran glauben. Und wenn sie froh war, wirkte das auf Leute in ihrer Umgebung so, dass sie in einen merkwürdigen Zustand der Ekstase gerieten, tanzten, sich küssten und sich die Kleider vom Leib rissen. Ich hielt mich immer fern von ihr; mir taten diejenigen leid, die die Aufgabe hatten, sich um sie zu kümmern.«

»Wieso hat man sie überhaupt frei herumlaufen lassen, wenn sie eine solche Wirkung auf andere hatte?«, frage ich. »Ist ja nicht so, dass Sirenen davor zurückschrecken würden, Leute einzusperren und mit ihnen Experimente anzustellen.«

Herr Moon verzieht das Gesicht. »Sie ist die Tochter des höchstgestellten Sirons der ganzen Gegend. Das machte sie unberührbar. Und außerdem ist ihre Mutter auch ein bisschen verrückt, weshalb sie wohl gar nicht mitbekommen hat, wie krank ihre eigene Tochter war. Wie dem auch sei, als die Hypnotisane Mitte zwanzig war, machte jemand den Vorschlag, ihr ein Projekt zu übertragen. Im Grunde wollte man sie nur beschäftigen und davon abhalten, Mitglieder der Meute umzubringen, aber der Schuss ging nach hinten los. Sie fing an, gleichermaßen mit Sirenen und Wandlern zu experimentieren. Ich kenne keine Einzelheiten, aber nach dem, was man mir erzählt hat, sprach sie von Projekt Indigo, als handele es sich um ein reines Wellness-Erlebnis. Sie ist vielleicht die gefährlichste Frau, der ich je begegnet bin, denn sie verbirgt ihre Intelligenz hinter einer Fassade geistiger Unzurechnungsfähigkeit. Ich denke, sie hat sich besser unter Kontrolle, als sie glauben machen will.« Er seufzt tief auf. »Und jetzt spielt sie also ihren Part in dieser Wolfsangelegenheit. Es scheint an der Zeit, ihr entgegenzutreten und sie einer gerechten Bestrafung zuzuführen.«

Was für ein arrogantes …Ihm war es so was von egal, als die Frau schreckliche Dinge mit anderen Leuten angestellt hat, aber jetzt, wo Wölfe betroffen sind, will er auf einmal einschreiten. So ein Mistkerl.

Lennox räuspert sich und lenkt erfolgreich die Aufmerksamkeit seines Chefs auf sich. »Brauchen Sie uns noch? Es wird so langsam ein bisschen kühl hier.«

»Nein, ihr könnt gehen, ich melde mich, wenn wir eure Mitarbeit brauchen. Lennox, wir müssen uns bald einmal über deine Zukunft unterhalten. Frau Feln, ich werde mich morgen mit Ihnen in Verbindung setzen und Ihnen die Informationen zu Projekt Indigo geben.«

Ich nicke kurz und wende mich ab, bin froh, hier wegzukommen. Ich habe noch immer den Blutgeschmack im Mund und verabscheue, wie sehr ich mich nach ihm sehne. Würde uns jetzt ein Wolfs-Mutant über den Weg laufen, könnte ich mich nicht zurückhalten und würde mich an seinem Blut betrinken.

Mit mir stimmt etwas ganz und gar nicht.

✿ ❀ ✿ ❀ ✿ ❀

Ryker und Griffon sind schon im Bett, als wir ankommen. Sie sind aber noch wach und unterhalten sich, stellen allerdings das Gespräch ein, als wir den Wagen betreten. Geheimnisse? Muss ich herausfinden. Ich mag Geheimniskrämerei, besonders, wenn sie mich betrifft.

Jemand hat einen Teller mit belegten Broten auf dem Tisch stehenlassen. Sehr aufmerksam. Dieser Kollege verdient eine Gehaltserhöhung. Ich greife mir das einzige Schnittchen mit Lachs und nehme es mit ins Schlafzimmer, kaue genüssliche auf dem Räucherfisch. Das ist auch eine gute Ablenkung von dem Widerhall von Blut in meinem Mund. Ich hoffe nur, das lässt bald nach. So kann es nicht weitergehen. Ich fühle mich immer mehr wie ein Vampir.

Ich lasse mich aufs Bett fallen, genau zwischen die beiden Männer. Lennox verschwindet im Badezimmer, so dass ich einen Moment mit ihnen alleine habe.

»Wie war's«, fragt Ryker. »Du stinkst nach Wolf.«

»Ja, igitt, ich weiß. Nächstes Mal nehme ich dich zur Unterstützung mit. Da waren viel zu viele Hunde auf einem Haufen. Hat mich an die Meute erinnert, nur, dass diesmal viel mehr Testosteron im Spiel war.«

Ryker lacht. »Haben sie auf dem Weg an den Bäumen das Bein gehoben?«

Griffon kichert. »Ihr solltet euch mal zuhören. Wenn ich's nicht besser wüsste, würde ich glatt denken, ihr seid Rassisten. Hundeisten? Wolfisten?«

Ich werfe ein Kissen nach ihm, verliere fast mein Sandwich. »He! Ich bin ein äußerst toleranter Mensch, aber im Grunde meines Herzens bin ich eine Katze, und mein Instinkt sagt mir, dass man Wölfen nicht trauen kann.«

»Ausnahmen bestätigen die Regel«, klingt es aus dem Badezimmer.

»Klar doch«, rufe ich zurück. Ich hätte meine Stimme gar nicht heben müssen; sein Gehör ist so gut, dass er sowieso alles mitbekommt, worüber wir reden.

Griffon setzt sich auf und umfasst mich von hinten, legt seinen Kopf auf meine Schulter. »Ich finde, du riechst nach dem Wald. Das gefällt mir.«

»Sei froh über deinen schlecht ausgeprägten Geruchssinn«, grummelt Ryker. »Das erspart dir die Vorstellung, wie die sie alle betatscht haben.«

»Keiner war auf mir drauf. Ich habe Herrn Moon die Hand geschüttelt, und einer der Wölfe berührte meine ....«

Ryker faucht, seine gelben Augen blitzen verärgert. »Was hat der getan?«

»... Hand«, beende ich meinen Satz und ergötze mich an seiner Reaktion. »Was glaubst du denn? Der einzige Wolf, der mehr berühren darf, ist Lennox.«

»Dem Himmel sei Dank«, kommt es aus der Dusche. Ich muss ihm noch beibringen, dass es unhöflich ist, Gespräche zu belauschen. Wobei ich es natürlich genauso gemacht hätte.

»Aber wieso hat er das getan?«, fragt Griffon. Er verändert seine Stellung, so dass er jetzt an mir lehnt. Und dann beißt er von meinem Brot ab. Echt abgebrüht! Und ich dachte schon, er wollte schmusen, dabei war er nur hinter meinem kostbaren Lachs her.

»Ich sag jetzt nichts mehr«, schmolle ich. »Das war Diebstahl«.

Griffon gluckst und küsst meinen Nacken. »Was kann ich darauf antworten, ich bin ein außergewöhnlich guter Dieb. Allerdings habe ich diese Brote zubereitet, weshalb es kaum Diebstahl sein kann. Du hast dir eins genommen ohne zu fragen, also bist du die Schuldige.«

»Wart mal, Du hast sie gemacht? Ich wusste gar nicht, dass du kochen kannst?«

»Das würde ich nicht als Kochen bezeichnen. Ich habe ein paar Scheiben Brot abgeschnitten und alles Mögliche darauf verteilt.«

Gut, bei ihm hört sich das so einfach an. Ist es aber nicht. Belegte Brote zu machen ist äußerst schwierig. Mir gelingt es nie, den Belag draufzubekommen, ohne sie sofort zu essen.

»Kannst du dich mit dem Essen etwas beeilen, damit ich dich küssen kann?«, klagt Ryker.

»Hier wird nicht geküsst, bevor ich zurück bin!«, ruft Lennox.

»Fragt mich vielleicht auch mal jemand?«, schmolle ich und ziehe einen hübschen Flunsch.

»Nö. Aber du solltest dich vielleicht auch duschen. Ich will niemanden küssen, der nach Wolf stinkt.« Ryker grinst unschuldig. »Ich könnte mit dir duschen. Nur um sicherzugehen, dass der Geruch auch überall weg ist.«

»Wir brauchen ein größeres Badezimmer«, seufzt

Griffon. »Und ein größeres Bett. Und überhaupt alles größer.«

Ich überlasse sie ihren Frotzeleien, während ich mein Brot esse. Als ich fertig bin, habe ich noch immer ein bisschen Hunger. Das war genau der Bissen, den Griffon mir geklaut hat. Zur Strafe darf er nicht mit unter die Dusche.

Ich nehme Rykers Hand. »Zeit für die Dusche.«

Achtzehn

Als ich aufwache, liege ich auf Ryker und je eine Hand halte ich auf Griffons und Lennox' Brustkorb ausgestreckt. Selbst im Schlaf beanspruche ich sie noch alle drei für mich.

Das Zimmer riecht nach Sex. Oben in der Wand befindet sich ein winziges Fenster, aber ich kann mich nicht aufraffen, es jetzt zu öffnen. Ryker ist so schön warm, und ich liebe es, wie sein Brustkorb sich hebt und senkt wenn er atmet, was mich jedes Mal auf und nieder bewegt, wie auf einer Welle.

Ich schließe die Augen wieder. Nicht aus Müdigkeit, aber ich fühle mich einfach wohl in dieser Position. Warum sollte ich aufstehen, bevor es unbedingt sein muss. Dösen ist etwas Wunderbares.

Einfach so im Bett liegen, bis jeder von alleine aufwacht, dann ein ausgedehntes Frühstück mit viel

Milch, danach draußen in der Sonne liegen und absolut nichts tun.

Ein Klopfen an der Tür lässt mich hochfahren.

Wie konnte ich nur von einem ruhigen, gemütlichen Morgen träumen. Das gibt's für Leute wie mich offenbar nicht.

Ich konzentriere mich mit allen Sinnen. Es ist niemand weiter da, der die Tür öffnen könnte. Nicht einmal K2. Verdammt.

Moment mal, keine K2. Oh Mist.

Ich springe auf und hebe irgendein Hemd vom Boden auf. Diesmal ist es Griffons. Wie kommt es, dass meine Kleider immer unter ihren begraben sind. Ist auch egal. Ich renne aus dem Zimmer, durchs Wohnzimmer zum zweiten Schlafzimmer, in dem ich zuletzt K2 gesehen habe. Leer. Ihr Geruch hängt noch in der Luft, Benjamins gleichfalls. Gestern war er noch zu krank, um das Zimmer zu verlassen, also muss er sich erstaunlich schnell erholt haben oder die beiden wurden entführt.

»Was ist los?«, ruft Lennox vom anderen Ende des Wagens.

Ich antworte nicht und eile zur Wagentür. Und bin nicht überrascht, dort Herrn Moon vorzufinden. Schlechtes Timing.

»Nicht jetzt«, werfe ich ihm entgegen und schließe die Tür wieder, bevor ich zurück ins Schlafzimmer eile.

»Griffon, hast du K2 gestern Abend das Betäubungsmittel gegeben?«

»Bethany hat's gemacht. Wieso?«

»Sie ist fort.«

Er setzt sich auf. »Weg?«

»Außer uns ist niemand hier. Wir sind allein.« Ich fühle Panik in meiner Stimme.

»Ist es nicht möglich, dass die Menschen sie zu einem Spaziergang mitgenommen haben?«, fragt Ryker, klingt aber auch besorgt.

Griffon schüttelt den Kopf. »Auf keinen Fall. Sie lief nur, wenn ich ihr das befohlen habe. Sie muss aus der Betäubung früher als erwartet aufgewacht sein. Vielleicht haben die Sirenen der Meute sie wieder unter ihre Kontrolle gebracht.«

Er steht auf und zieht sich so schnell wie möglich an. Dabei fällt mir auf, dass ich bisher nur ein T-Shirt anhabe, also folge ich seinem Beispiel. Falls K2 das M.I.A.U. Team entführt hat, müssen wir die Gegend absuchen.

Wie zum Teufel konnte das geschehen? Ich habe normalerweise keinen so tiefen Schlaf. Ich schalte nie völlig ab, weiß immer, was um mich herum vor sich geht. Außer vergangene Nacht. Ich bin nachlässig geworden. Scheiße. Das ist nicht gut. Ich bin dabei, mich zu verlieren. Diese Männergeschichten sind kontraproduktiv. Lenken mich davon ab, die Person zu sein, die ich sein muss.

»Ich werde mal mit meinen Katzen sprechen, vielleicht haben sie etwas gesehen«, verkündet Ryker und eilt aus dem Zimmer, pfeift dabei schon laut – seine Art, die Katzen zusammenzurufen.

»Sag ihnen, sie sollen die Zwillinge holen«, rufe ich

ihm hinterher. Ich bin mir sicher, dass er sie von seinen Katzen überwachen lässt. Ich habe keine Ahnung, wo die Mädchen sich aufhalten, wenn sie nicht bei uns sind, aber Ryker wäre nicht Ryker, wenn er nicht seine Spione an ihre Fersen geheftet hätte.

Lennox zieht sich nur seine Jogginghosen an. »Ich kümmere mich um Herrn Moon. Wenn K2 frei herumläuft, sollte er das auch wissen.«

»Sag ihm, dass ihr nichts geschehen darf«, füge ich warnend hinzu.

Er nickt. »Klar.«

In diesem Moment liebe ich ihn über alles. Er stellt nicht in Frage, dass ich eine Frau schützen will, die eine Gefahr für diese Stadt darstellt. Er akzeptiert es widerspruchslos.

Ich weiß selbst, dass dies für K2 das Ende sein könnte. Sollte sie Unheil anrichten, werde ich sie vielleicht nicht mehr retten können. Und falls sie auf dem Weg zurück zur Meute oder anderen Sirenen ist, wird es schwer sein, sie dort wieder herauszubekommen. Ich wünschte, wir hätten mehr Zeit gehabt, sie aus ihrer Kontrolle zu befreien; aber angesichts all der anderen Dinge, mit denen wir uns beschäftigen mussten, nicht zuletzt diesem blöden Wolfsproblem, hatten wir einfach keine Gelegenheit dazu. In mir steigen Schuldgefühle auf und hinterlassen einen sauren Nachgeschmack. Meine Schwester hätte Vorrang haben müssen vor einem Rudel dahergelaufener Wölfe. Gewiss, Herr Moon hat mir Informationen über meine anderen Schwestern versprochen, aber das war vielleicht nur ein

Trick. Dagegen war K2 hier bei mir, und ich habe mich nicht um sie gekümmert.

Menschenskinder, bin ich eine schlechte Schwester.

Ryker und Lennox sind gegangen, also wende ich mich an Griffon. »Gibt es irgendeine Möglichkeit, dass du sie findest? Du hattest mit ihr eine Verbindung, aber ich weiß nicht genug über diese Sirenendinge, nur ...«

Er nimmt mich in die Arme. »Sei unbesorgt, wir werden sie finden.«

»Nicht mehr nötig«, ruft Ryker von draußen. »Ich weiß, wo sie ist.«

Wir folgen der Katze, einem kleinen Ding mit weißen Beinen und permanent mürrischem Gesichtsausdruck, durch die Außenbezirke der Stadt, wo ja auch unser Wagen steht. Sie hat gesagt, es sei nicht weit, wollte uns aber keine weiteren Informationen geben. Ich mag sie nicht. Zum ersten Mal könnte ich mir vorstellen, ein Wesen meiner Art zu foltern, um sie zum Sprechen zu bringen. Ihr Schweigen ist äußerst frustrierend.

Ryker hält meine Hand und drückt sie von Zeit zu Zeit. Für diesen kurzen Moment entspanne ich mich etwas, bevor die frühere Anspannung wieder zunimmt.

Lennox ist im Wagen geblieben, um mit Herrn Moon zu sprechen, aber Griffon läuft in meiner Nähe. Auch wenn er nicht wie Ryker meine Hand hält, ist er doch dicht bei mir, unsere Schultern berühren sich alle paar Schritte. Ich bin ihm dankbar, dass er mir mit

Berührungen nicht zu nahe kommt, aber dennoch zeigt, dass er für mich da ist. Jedenfalls ist das meine Interpretation. Vielleicht gefällt es ihm auch nur, gelegentlich mit mir zusammenzustoßen.

Die Katze miaut, als wir eine schmale Gasse erreichen, die sich durch eine Reihe hoher Gebäude windet. Nicht der angenehmste Stadtteil, aber es gibt schlimmere. Eine weitere Katze, diesmal ein Kater, springt von einem metallenen Mülleimer und miaut eine Begrüßung. Sie reiben ihre Nasen aneinander. Offensichtlich Liebe, auch wenn man ihre Sprache nicht versteht. Wie süß. Obwohl ich mich im Moment auf andere Dinge konzentrieren sollte.

»Wo ist sie?«, frage ich ungeduldig.

Der Kater wendet sich mir zu. Seine Schnurrhaare sind rein weiß, aber ansonsten vereinigt er alle möglichen Farben auf sich. Als hätte ein Künstler seine Farbreste über ihm ausgegossen. Wunderschön, auf chaotische Art und Weise.

Er miaut nicht, aber ich kann seine Absichten dennoch erkennen. Ich soll still sein und ihm folgen. Ich übersetze das für Griffon, dem einzigen, der in unserer Gruppe nicht mit Katzen kommunizieren kann.

Er nickt und findet offenbar nichts dabei, von einer Katze Anweisungen entgegenzunehmen. Beachtlich für jemanden, der kein Wandler ist. Vielleicht liegt das an seinen Fähigkeiten als Siron. Schließlich müssen Sirenen sich an verschiedenste Gruppen anpassen können, um im Hintergrund die Fäden zu ziehen. Deshalb kennt sie ja auch keiner. Jeder könnte dazugehören.

Wir folgen der Gasse nach unten, wo ein alter Torbogen zum Fluss führt. Auf ihm wächst Gras aus den roten Ziegelsteinen heraus, beim nächsten größeren Sturm könnte er in sich zusammenfallen. Die beiden Katzen bleiben stehen, bevor wir uns ducken können, um unter dem Torbogen durchzugehen, und der Kater zeigt mit der Pfote auf das Bild, das sich uns dort bietet.

Ich hole tief Luft. K2 sitzt am Flussufer, hat die Hosenbeine bis über die Knie hochgerollt und hält die Füße ins Wasser. Neben ihr sitzt Bethany und unterhält sich freundschaftlich mit meiner Schwester. Die eigentlich gar nicht in der Lage sein sollte zu sprechen. Oder so entspannt auszusehen, wie sie das gerade tut. Lily steht in der Mitte des Flusses und lacht, als kleine Wellen gegen ihre nackten Beine schlagen. Fehlt nur noch Benjamin.

»Verdammt. Noch. Mal.«, murmelt Griffon, bevor ich es aussprechen kann.

Dies ist das totale Gegenteil von allem, was ich erwartet hatte. Das war ja wohl auch nicht vorauszusehen. Aus der Ferne betrachtet sieht es aus, als würden hier drei gute Freundinnen einen Tag am Fluss genießen und sich gerade etwas abkühlen, obwohl es nicht heiß ist. Würde mich nicht wundern, wenn sie ein Picknick mitgenommen hätten.

Der Kater miaut, und Ryker übersetzt. »Sie sind seit ungefähr einer Stunde hier. Die Katzen fanden das ein wenig seltsam, wollten uns aber nicht stören beim ....« Er verdreht die Augen. »Du willst nicht wissen, wie sie das nennen, was wir gemacht haben.«

»Doch, ich schon«, erwidert Griffon.

Jetzt, wo wir wissen, dass K2 und die anderen in Sicherheit sind, löst sich die Spannung. Ich kann wieder durchatmen. Und lachen.

Das Lachen purzelt aus mir heraus, bevor ich es stoppen kann. Ich lache und lache, halte mir die Seiten, Tränen in den Augen. Die Männer sehen mich erst ein wenig verwirrt an, dann fallen sie in mein hysterisches Lachen ein. Die Katzen sind völlig verwirrt, was zu meiner weiteren Erheiterung beiträgt. Das ist so ziemlich die merkwürdigste Situation, in der ich mich je befunden habe.

K2 dreht sich um und winkt uns zu. Ist das zu glauben, sie winkt!

Als wäre das die normalste Sache der Welt. Als hätte sie mich nicht erst vor zwei Tagen gebeten, sie zu töten. Da komme ich nicht mehr mit. Ich brauche dringend einen Drink oder ein bisschen Katzenminze oder noch besser – beides.

Ich gehe auf sie zu, lasse mir Zeit, habe immer noch Angst, meine Schwester möglicherweise zu erschrecken. Schließlich hat sie mich beinahe umgebracht, da ist ein bisschen Vorsicht schon geboten. Bethany sieht uns endlich und dreht sich um, grinst mich frech an.

»Tut mir leid, wir wollten dich erst wecken, aber du schienst deinen Schlaf zu brauchen.«

»Du warst letzte Nacht ganz schön laut«, bemerkt Lily, während sie durch das Wasser auf uns zu watet. »Ich kann's kaum erwarten, wieder ein Haus zu haben, wo ich weit weg bin von deinem Schlafzimmer.«

War ich wirklich so laut? Kann mich nicht erinnern. Das ist alles etwas verschwommen. Viele Berührungen, Küsse, Orgasmen.

»Tut mir leid«, antwortet Ryker zu meiner Überraschung. »Das ist für mich alles noch so neu als Mensch. Ist viel intensiver.«

»Also gut, zurück zum Thema«, versuche ich abzulenken, bevor mein Sexleben hier weiter ausgebreitet wird.

»Caitlin wollte sich die Gegend anschauen«, antwortet Bethany mit unschuldigem Lächeln. »Und weil das Wetter so schön war, beschlossen wir an den Fluss zu gehen. Benjamin ging es gut genug, dass er alleine zur Apotheke gehen konnte. Er kommt eventuell später nach.«

»Zurück – zum – Thema!« Ich muss mich zusammenreißen, dass ich sie nicht anschreie. Wieso sagt mir niemand, was hier vor sich geht?

»Sollte eine Überraschung werden«. Lily steigt aus dem Wasser und setzt sich ins Gras, reibt sich die Beine. Die Haut ist knallrot, das Wasser muss eiskalt sein. »Wir haben gestern Abend das Problem gelöst, als du dich mit den örtlichen Wölfen angefreundet hast. Bethany wollte es dir sagen, aber ich dachte, es wäre viel schöner, dich damit zu überraschen.«

»Ich werde dich gleich in kleine Stücke reißen und als Füllung in Glückskekse tun, wenn du mir nicht augenblicklich die Wahrheit sagst«, knurre ich. »Dann kann ich dich als Überraschung an ganz viele Leute verfüttern.«

Sie lacht. Stöhn. Kann sie nicht mal so tun, als würde ich ihr Angst machen?

»Du bist so süß, wenn du dich aufregst. Wie wär's, wenn du dich einfach mal hinsetzt und wir dir alles erklären?«

»Ja, setz dich«. K2 hat bisher noch nichts gesagt. Ihre Stimme klingt viel entspannter als ich sie in Erinnerung habe.

So komme ich anscheinend nicht weiter. Also lasse ich mich auf den Boden plumpsen, kreuze die Beine und starre die Mädchen an. Lily kichert, als ich ihr meinen Todesblick zuwerfe. Wobei Blicke ja leider nur metaphorisch töten können. Und ich das nicht tun werde, bevor ich nicht alle Antworten habe.

»Jetzt sag schon.«

Ich presse die Worte hervor, kann meine Ungeduld kaum noch beherrschen.

Griffon setzt sich neben mich und legt mir eine Hand auf den Schenkel. Sollte das meiner Beruhigung dienen, so funktioniert es nicht. Ryker bleibt stehen, die beiden Katzen zu seinen Füßen, die uns verständnislos zusehen. Das Leben muss für sie deutlich einfacher sein.

Bethany seufzt theatralisch. »Also gut. Gestern Abend habe ich Caitlin das übliche Beruhigungsmittel gegeben, habe es aber mit etwas anderem gemischt. Du weißt doch, dass ich versucht habe, die Droge nachzubauen, die sie euch verabreicht haben? Nachdem du eine Probe davon aus dem Labor mitgebracht hast, habe ich sie mit meinen eigenen Versuchen verglichen. Das wurde dadurch erschwert, dass ich kein eigenes Labor mehr habe, ist aber wohl ein Beweis meiner hervorragenden Fähigkeiten, dass ich dennoch eine Form davon synthetisiert habe.«

»Eine Form?«, fragt Griffon. »Wieso solltest du noch mehr von dem Zeug haben wollen?«

»Ich hab ja nicht dasselbe gemacht«, berichtigt sich Bethany. »Sondern das Gegenteil.«

»Ein Gegenmittel?«

»Nein, ein Gegenmittel würde die Wirkung der Droge stoppen oder zurücknehmen. Ich habe etwas entwickelt, das genau das Gegenteil tut. Das ursprüngliche Mittel unterbricht die Verbindung mit deinem Katzenwesen, meine Version verstärkt sie. Wie ich das konnte? Weil ich einfach genial bin.«

Ich verdrehe die Augen. »Geht's auch eine Nummer kleiner?!«

»Langweiler. Meine Theorie war, dass Caitlin von den Sirenen so leicht kontrolliert werden konnte, weil sie ihre menschliche Seite verstärkt haben. Denn Sirenen können Wandler sehr viel schlechter kontrollieren, stimmt's, Griffon?«

Er nickt. »Es ist zwar möglich, aber das können nur die stärksten von uns. Ich kann Kat nur bis zu einem gewissen Grad beeinflussen. Ich kann sie in eine bestimmte Richtung führen, aber wenn ich sie dazu bringen wollte, etwas zu tun, das sie absolut nicht will, würde das nicht funktionieren. Ich könnte einen Wandler nicht dazu bringen, ihresgleichen oder anderen Schaden zuzufügen, aber bei Menschen ginge das.«

»Genau darauf habe ich mich verlassen«, ruft

Bethany freudestrahlend. »Durch meine neu entwickelte Droge habe ich die menschliche Seite in ihr geschwächt. Ich glaube nicht, dass man die Trennung, die die Sirenen bei ihr vorgenommen haben, restlos aufheben kann, aber offenbar war dies genug, um sie ihrer Kontrolle entgleiten zu lassen. Als Caitlin aufwachte, konnte sie mit mir sprechen. Zunächst nur langsam, aber sie hat es geschafft, sich aus dem Bann der Sirenen zu befreien und sie selbst zu bleiben.«

»Jetzt ist das ganz leicht«, bestätigt K2. »Ich fühle immer noch ihre Gegenwart, ganz weit hinten in meinem Kopf, aber sie sind schwach. Auch wenn dies nur eine einmalige Sache sein sollte, werde ich diesen Zustand doch in vollen Zügen genießen.«

Sie wendet sich wieder dem Wasser zu und bewegt ihre Füße darin. Ich frage mich, ob sie das je zuvor getan hat. Einfach so an einem Fluss sitzen, ohne Sorgen und Verpflichtungen. Frei.

»Und was ist mit dem Namen?«, frage ich sanft.

»Du hast mich gefragt, ob ich einen hätte. Nachdem ich mit dir gesprochen hatte, war ich über weite Strecken noch bei Bewusstsein. Ich war nicht so weit weg wie zuvor. Und ich konnte denken. Also habe ich beschlossen, dass ich einen Namen haben wollte. Bis mich Bethany geweckt hat, wusste ich, wie ich heißen wollte.«

»Der Name gefällt mir.« Ich sage ihr nicht, dass ich einmal eine andere Caitlin kannte; das Mädchen, das in Kindlers Süßwarenladen gearbeitet hat. Die mit dafür verantwortlich war, dass Kinder von Wandlern getötet wurden. Und die selbst von Griffon getötet wurde. Es ist besser, sie fängt vollkommen von vorne an.

Ich wende mich um zu Lily und Bethany und starre sie verärgert an. »Könnt ihr euch vorstellen, was für Sorgen wir uns gemacht haben, als ihr nicht zu Hause wart? Wir dachten, euch wäre etwas passiert. Dass man euch entführt hätte oder sonst was Schlimmes.«

»Du hörst dich wie meine Mutter an«, erwidert Lily abweisend. »Es war doch nur eine Überraschung.«

»Du dachtest, ich hätte sie entführt«, sagt Caitlin ruhig, ohne mich dabei anzusehen. »Und ich verstehe das. Aber du musst einsehen, dass ich nicht mehr K2 bin. Ich habe mein Leben zurück erhalten. Ich weiß nicht, ob dieser Zustand andauern wird, aber ich will nicht in K2s Schatten leben. Sie hat fürchterliche Dinge getan, aber ich nicht.«

»Da kommt jemand«, sagt Ryker plötzlich.

Ich schnüffele. Oh je. Da kommt Ärger im Doppelpack.

Neunzehn

Die Zwillinge sind alles andere als glücklich. Sie starren Caitlin an, als würde ihr jeden Moment ein zweiter Kopf wachsen, der sie beide gleichzeitig verschlingen könnte. Ganz offensichtlich trauen sie ihr nicht.

»Wir sollten sie einsperren!«, ruft Vier mir zu. »Sie sollte nicht frei herumlaufen, damit sie jeden umbringen kann, der ihr vor die Füße kommt.«

Ich hebe beschwichtigend die Hände. »Wir sind in Sicherheit. Schau sie dir doch nur einmal an. Sie steht nicht länger unter der Kontrolle der Meute. Das ist jetzt die wahre Caitlin.«

»Caitlin?«, spuckt Vier heraus. »Sie hat sich also einen Namen gegeben? Das macht sie nicht weniger zu einem Monster. Sie spielt mit dir, und du merkst es nicht, weil du immer das Gute in den Leuten sehen willst. Wach endlich auf, Kat. Sie ist nicht, was sie vorgibt zu sein. Die Sirenen ziehen immer noch die Fäden.«

»Ich verstehe, dass ihr Angst habt«, sagt Caitlin sanft und überrascht uns alle. »Aber das ist nicht länger nötig. Es tut mir aufrichtig leid, was K2 euch angetan hat. Und ich bedaure, dass ich wie sie aussehe. Aber ich entschuldige mich nicht dafür, ich zu sein. Am Leben zu sein.«

Das wird jetzt immer verwirrender.

Ivy tritt vor. »Erinnerst du dich, wie du mich verletzt hast?«

Caitlins Augen werden größer, als sie ihre Schwester genauer betrachtet. »Bruchstückhaft. Immer wenn sie mich schlimme Dinge tun ließen, habe ich versucht, mich zu verstecken. Da sind so viele schlimme Erinnerungen...Ich konnte nichts tun, um das aufzuhalten. Mein Körper bewegte sich, ohne dass ich ihn unter Kontrolle hatte. Du musst mir glauben, ich wollte dich nie verletzen. Besonders nicht, nachdem ich herausgefunden hatte, wer ihr wart. Sie haben es mir hinterher erzählt. Und sie haben darüber gelacht. Wie ich beinahe meine Geschwister getötet hätte.«

»Haben sie wirklich von Geschwistern gesprochen?«

Sie legt die Stirn in Falten, ist verwirrt. »Nein. Von Klonen. Sie nannten euch alle Klone.«

Griffon lächelt sie an. »Aber du hast beschlossen, sie als Geschwister zu betrachten.« Er wendet sich an die Zwillinge. »Ein Beweis liegt oft in solchen Kleinigkeiten. Sie würde euch nicht als Schwestern betrachten wollen, wenn sie im Sinn hätte, euch zu schaden. Das ergäbe keinen Sinn. Sie würde vielmehr versuchen, zwischen euch und ihr Distanz herzustellen, damit sie sich nicht schuldig fühlen müsste. Und falls ihr das auch noch wissen wollt – ich kann bei ihr keinen Sireneneinfluss mehr feststellen. Beim letzten Mal konnte ich ihren Geist kaum erreichen, weil mich die anderen Sirenen so sehr bekämpft haben, aber diesmal ist das völlig anders.«

»Dann versuch doch mal, sie etwas tun zu lassen«, gibt Vier zurück. »Beweise, dass sie nicht länger unter dem Einfluss der Sirenen steht.«

Griffons Lächeln schwindet. »Das wäre gegen die Regeln, die ich mir selbst auferlegt habe.«

»Tu es, bitte«, sagt Caitlin sanft. »Wenn es ihnen hilft zu verstehen. Nur – lass mich niemanden töten.«

Er seufzt. »Also gut. Und – natürlich nicht.«

Griffon beginnt zu summen, dieselbe sanfte Melodie, die ich schon kenne. Es ist keines seiner Kampflieder und auch nicht das erregte Liebeslied, das damals mir gegolten hat. Die Melodie ist einfach, aber elegant. Ich gebe mich der Musik hin und fühle mich sofort leichter. Caitlin steht auf und stellt sich auf Zehenspitzen. Ich schaue Griffon mit gerunzelter Stirn fragend an, aber er lächelt nur und fährt mit seinem Lied fort.

Caitlin beginnt zu tanzen. Wow. Sie bewegt sich luftig leicht, scheint auf dem Gras zu schweben. Sie dreht sich und springt, macht Pirouetten und tanzt andere Figuren, deren Namen ich nicht einmal kenne. Aber das Schönste ist ihr Lächeln. Ich habe selten jemanden so glücklich gesehen. Ein tief empfundenes Glück, das alle Schranken durchbricht.

Verstohlen schaue ich die Zwillinge an. Sie starren mit offenem Mund und weit geöffneten Augen unsere Schwester an. Sie haben sich noch nie so ähnlich gesehen.

Griffon ändert sein Lied etwas, und auf einmal beginnt bei Vier der Arm zu zucken, dann streckt sie beide Arme aus, legt die Hände zusammen und formt so einen eleganten Bogen. Auch sie beginnt zu tanzen, bewegt sich von ihrer Zwillingsschwester fort, hin zu Caitlin.

OK, keine Ahnung, was hier gerade vor sich geht. Was hat Griffon vor?

Ivy ist noch an ihrem Platz, aber jetzt beginnt sie zu lächeln, als sie ihren Schwestern zusieht.

»Wenn die so tanzen können, bedeutet das, dass du dieselben Bewegungen auch machen könntest?«, flüstert Ryker.

»Denk nicht einmal daran«, fauche ich. »Ich werde ganz bestimmt nicht tanzen.«

Er zuckt auf seine unwiderstehliche Art mit den Augenbrauen. Böser Bube. Er weiß genau, dass ich ihm kaum etwas abschlagen kann, wenn er das tut. »Nur mal theoretisch. Könntest du tanzen?«

»Nicht mal theoretisch. Ende der Ansage.«

Ich wende mich von ihm ab, auch wenn er seine Augenbrauen noch so hübsch tanzen lässt. Auch sein Charme hat Grenzen. Ich werde nicht einmal für ihn tanzen. Ich wüsste gar nicht wie, es sei denn, meine

Bewegungen während eines Kampfes zählten als Tanz. Das ist dann eher der Tanz des Todes, aber dafür bräuchte ich meine Messer und ein Opfer, dass ich am Ende töten kann. Ohne ein bisschen Blutvergießen macht das keinen Spaß.

Griffons Melodie wird langsamer und mir ihr auch die Bewegungen meiner Schwestern. Als der letzte Ton über seine Lippen kommt, stehen sie einander gegenüber und ringen nach Atem. Vier hält ihre Augen geschlossen, öffnet sie jetzt aber langsam und blinzelt ins Licht. Sie sehen einander an. Ich wünschte, ich könnte ihre Gedanken lesen.

Sie scheinen sich wortlos zu unterhalten, bis Vier den Kopf senkt.

»Hallo, Schwester.«

Caitlin lächelt. »Hi«.

Ich meine, mir müsste das Herz zerspringen von diesem merkwürdigen, überwältigenden Gefühl. Ich finde diese Mädchen wunderbar. Nein, das trifft es nicht. Aber das andere Wort will ich noch nicht verwenden. Noch nicht. Ich will mich nicht zu fest binden. Ja, das sind meine Schwestern, aber nur, weil wir genetisch gleich sind, müssen wir uns nicht lie... bewundern. Im Moment reicht es, dass wir uns nicht mehr gegenseitig umbringen wollen. Das ist doch ein guter Anfang.

»Erklär mal, was da gerade passiert ist«, fordert Ryker und wendet sich an Griffon. »Ich dachte, du wolltest sie nicht kontrollieren?«

Der Siron grinst. »Hab ich auch nicht. Ich habe sie nur leicht angeschubst.«

»Wart mal, du hast ihnen nicht gesagt, sie sollen tanzen?«

»Ich habe ihnen einen Vorschlag gemacht. Sie hätten sich leicht dagegen wehren können, aber sie haben ihn akzeptiert und ihn befolgt. Wahrscheinlich, weil ich nichts Schlechtes von ihnen verlangt habe. Ich habe sie überrascht.«

»Konnten sie schon vorher tanzen?«, frage ich ihn. »Oder hast du ihnen gezeigt, wie sie es tun sollen?«

»Meine Schwester hatte eine Zeitlang Tanzstunden. Ich musste sie manchmal begleiten, wenn der Babysitter krank war.« Sein Gesichtsausdruck wird ernst. »Damals war mir nicht klar, was die blauen Flecken in ihrem Gesicht bedeuteten. Mein Vater mochte den Babysitter nie leiden, aber meine Mutter schon, weshalb sie blieb. Sie war oft krank.«

Griffons Vater klingt nach einem richtigen Scheißkerl. Irgendwann werde ich mich mit ihm beschäftigen. Er steht ziemlich weit unten auf meiner Liste, aber eines Tages werde ich die abarbeiten und all den Typen nachstellen, die meinen Familienmitgliedern oder anderen Wandlern übel mitgespielt haben.

Ivy kommt zu uns und lächelt glücklich. »Danke. Ich habe Vier noch nie so entspannt gesehen. Ich glaube, das hat sie gebraucht.«

Griffon erwidert ihr Lächeln. »Sie hat fast keine Ermutigung gebraucht. Es war gerade so, als hätte sie nur auf eine Gelegenheit gewartet, endlich loslassen zu können. Aber du hast mir Widerstand geleistet. Warum?«

Sie zuckt mit den Schultern. »Ich bin ganz anders aufgewachsen als Vier.«

Das ist zwar keine Erklärung, aber ich will sie nicht bedrängen. Wir alle haben unsere Geheimnisse. Unsere Vergangenheit.

Der Kater kommt an und reibt sich mit lautem Miau an Griffons Bein.

Ryker lacht. »Er möchte, dass du ihm das Tanzen beibringst. Ich glaube, du hast dir gerade einen neuen Job verschafft.«

Griffon starrt den Kater an. Dann summt er eine fröhliche Melodie. Und die Katze beginnt zu tanzen.

ZWANZIG

Lennox und Herr Moon warten im Wohnbereich des Wagens auf uns. Ich hatte gehofft, dass der Wolf schon gegangen sein würde, aber andererseits brauche ich die Informationen, die er mir versprochen hat. Meine Schwestern sind noch am Fluss geblieben, unter den wachsamen Augen einiger Katzen, die aufpassen, dass sie nichts anstellen. Ryker hat sich zwar beschwert, dass wir seine Katzen jetzt nicht mehr nur als Spione, sondern auch als Babysitter beschäftigen; aber ich weiß, dass er es tief im Innern gern hat, wenn seine Katzenfamilie an unseren Aktivitäten beteiligt wird. Seit er gelernt hat, sich zu wandeln, hat er mit ihnen nicht mehr so viel Zeit verbracht wie vorher. Wahrscheinlich hat er deswegen Schuldgefühle. Ich werde mit ihm darüber reden müssen, was wir mit den Katzen machen, wenn wir umziehen.

»Alles in Ordnung?«, fragt Lennox.

Ich weiß nicht genau, inwieweit Herr Moon über die Situation informiert ist, also nicke ich nur. »Alles unter Kontrolle. Und hier?«

Herr Moon stellt seine Tasse hin. Lennox hat für sie beide Tee gemacht, aber der unverkennbare Geruch von heißem Whisky verrät den Wolf. Tee mit Whisky? Das wäre nicht meine bevorzugte Kombination, aber jeder nach seinem Geschmack.

»Schön, dass Sie zurück sind, ich wollte gerade gehen.«

»Haben Sie mit Ihrem Wolfsproblem Fortschritte gemacht?«, frage ich.

»Noch nicht, aber wir haben Informationen erhalten, aus denen hervorgeht, dass die Hypnotisane die Stadt verlassen hat und jetzt von einem anderen Ort aus operiert. Das würde erklären, warum wir vorher noch nie auf diese Wolfs-Mutanten gestoßen sind. Ich habe meine besten Leute auf die Sache angesetzt, also werden wir hoffentlich bald herausfinden, wo sie sich versteckt. Wenn uns das gelingt, werden Sie uns dann bei unserem Kampf helfen?«

Ich lächle auf hoffentlich unverbindliche Art. »Sagen Sie uns Bescheid, sobald Sie Näheres wissen. Aber ich denke, jetzt ist die Zeit gekommen, dass Sie Ihren Teil der Abmachung einhalten.«

Er nickt mit ernstem Gesicht. »Haben Sie etwas zu schreiben?«

Ryker gibt ihm Papier und Bleistift. Herr Moon notiert ein paar Wörter. Eine Adresse.

»Dort werden Sie sie finden. Und es tut mir leid.«

Ich bin sofort angespannt. »Was tut Ihnen leid?«

»Es tut mir leid«, wiederholt er und steht auf. »Mein herzliches Beileid.«

Die Adresse ist eine Lagerhalle im Norden der Stadt. Wir erreichen sie in Rekordgeschwindigkeit, obwohl wir um die ganze Stadt herumgelaufen sind, um nicht gesehen zu werden. Griffon haben wir zurückgelassen, aber ich bin sicher, er versteht, dass wir nicht warten konnten. Er ist langsam und hätte uns aufgehalten, und ich muss unbedingt wissen, was mit meinen Geschwistern geschehen ist.

Der Kies knirscht unter meinen Pfoten, als wir uns dem Lagerhaus nähern. Es ist ein neueres Gebäude, sieht aber verlassen aus.

»Kannst du jemanden erspüren?«, frage ich Ryker.

»Nein, ich glaube nicht, dass da jemand ist. Vielleicht sind sie abgehauen, als die Führer der Meute getötet wurden. Meine Katzen haben mir gesagt, die Meute sei dabei, sich aufzulösen. Ihr Hauptquartier ist beinahe leer.«

Die Nachricht, dass wir es endlich geschafft haben, die Meute zu zerstören, sollte mich froh stimmen, aber schlimme Vorahnungen haben von mir Besitz ergriffen. Die Worte von Herrn Moon gehen mir nicht aus dem Sinn. *Es tut mir leid.*

Kein Zeichen von Leben. Das bedeutet, dass dieses

Gebäude nur einen Hinweis auf den Aufenthaltsort meiner Schwestern liefern wird oder ... nein, diesen Gedanken werde ich nicht zulassen. Ich muss mich auf den gegenwärtigen Moment konzentrieren. Einen Schritt nach dem anderen.

Die Lagerhalle hat zwei große Flügeltüren, groß genug für Fuhrwerke, und an der Seite eine kleinere Tür. Ich drücke mit meiner großen Pfote auf die Klinke. Sie ist abgeschlossen.

Ich wechsle einen Blick mit Lennox, und ohne ein weiteres Wort, wandelt er sich zurück in seine menschliche Gestalt. Es ist sinnvoller, wenn er das tut – ich kann als Panther mit Ryker kommunizieren, aber nicht mit dem Wolf. Sobald er ein Mensch ist, können wir seine Worte verstehen.

Er braucht ewig, bis er das Schloss aufgebrochen hat. Ich muss mich zurückhalten, dass ich ihn nicht anschreie, er solle sich beeilen. Ich weiß, dass er tut, was er kann. Es ist nur so schwer, meine Ungeduld zu bezwingen.

Endlich öffnet sich mit einem Klick die Tür. Ich stürme hinein, dränge Lennox und Ryker zur Seite. Das Lagerhaus besteht aus einer großen Halle mit einem kleinen Büroraum an einer Seite, der durch große Glasfenster vom übrigen Raum abgetrennt ist. Die Regale in diesem Büro sind leer, der Schreibtisch abgeräumt. Staubpartikel tanzen in dem Lichtstrahl, der von den Dachfenstern hereinfällt.

Am anderen Ende der Halle sind ein paar alte Holzkisten aufgestapelt, die so aussehen, als würden sie jeden

Moment auseinanderbrechen. Ich bezweifle, dass darin etwas Wertvolles aufbewahrt wird. Wahrscheinlich nur überflüssiges Zeug, das nicht der Mühe wert war, beim

Auszug mitgenommen zu werden. Gegenüber befinden sich merkwürdige metallene Spinde mit quadratischen Türen. Das ist alles, was in dieser ansonsten leeren Halle zu sehen ist. Keine Spur von Leuten, besonders nicht von meinen Schwestern.

Herr Moon muss veraltete Informationen erhalten haben. Diese Spur ist kalt.

Enttäuscht gehe ich hinüber zu dem kleinen Büro und wandle mich. Ich strecke mich, krümme den Rücken, und fange dann an, durch die Schubkästen zu gehen in der Hoffnung, doch noch wichtige Unterlagen zu finden, die Aufschluss darüber geben, wo sich meine Geschwister befinden. Ich weiß, dass dies eine Illusion ist, will aber die Hoffnung noch nicht aufgeben.

Die Männer erkunden den Rest des Gebäudes. Auch Ryker hat seine menschliche Gestalt angenommen und nimmt die Holzkisten auseinander, breitet ihren Inhalt dabei auf dem staubigen Boden aus. Batterien, Dosen mit Essen, unbeschriebenes Papier, undefinierbare Metallwerkzeuge. Lennox hat sich die Spinde vorgenommen.

Ich wende mich ab. Sie werden mich schon rufen, wenn sie auf etwas Interessantes stoßen.

Außer einigen Heftklammern und Stecknadeln finde ich nichts in den Schubläden. Der Papierkorb wurde noch nicht geleert, enthält aber nur langweilige Rechnungen für Miete und Strom. Nichts von Bedeutung für mich. Ich versetze dem Schreibtisch voller Frust einen Fußtritt.

Das ist alles total sinnlos. Diese Spur ist kalt, und wir stehen wieder ganz am Anfang.

»Kat!«

Lennox' Stimme hört sich merkwürdig an. Angestrengt neutral. Emotionslos.

Ich gehe langsam zu ihm hinüber. Die Vorahnung, die ich in der Magengrube spüre, wird stärker. Er hat eine der Spindtüren geöffnet. Seine Schultern hängen, er blickt ernst.

Tief im Innern weiß ich schon, was er gleich sagen wird.

Ryker verstellt mir den Weg, bevor ich die Spinde erreiche. Er nimmt mich in seine Arme und lässt mich nicht weitergehen. Sein Körper bildet eine Schranke, die ich so nicht akzeptieren kann. Ich kämpfe gegen seine Umarmung an, aber er hält mich fest, lässt mich nicht los.

»Es tut mir so leid«, flüstert er.

Ich halte mich mit einer Hand an ihm fest, während ich ihn mit der anderen kratze. Ich muss das sehen. Muss es wissen.

Lennox schließt die Tür, aber die Bewegung bringt mit dem Luftzug auch den Geruch in meine Nase, vor dem mir so graute. Er ist so vertraut. Sogar im Tod riechen sie noch wie ich.

Mein Wolf kommt zu uns und legt von hinten seine Arme um mich. Ich stehe zwischen zwei warmen Leibern, aber mir ist so kalt.

»Beide?«, frage ich mit brechender Stimme.

»Ja. Es tut mir leid.« Lennox' Atem strömt warm in meinen Nacken.

Eine merkwürdige Taubheit überkommt mich. Die Kälte erfüllt nicht nur meinen Körper, sondern auch meinen Geist. Meine Gedanken frieren ein.

»Atme, Kat.«

Tue ich nicht. Ich schreie.

Sie lassen mich nicht los. Auch als ich auf den Boden sinke, weil ich mich nicht mehr aufrecht halten kann. Auch als ich vor und zurück schaukele. Sie streicheln meinen Rücken, mein Haar, flüstern Worte, die mich nicht erreichen. Ich bin im Innern wie hohl. Etwas ist aus mir herausgerissen worden, etwas so Wertvolles, dass es durch nichts zu ersetzen ist.

Griffon kommt hinzu. Er singt für mich, aber diesmal hat sein Lied keine Wirkung auf mich. Es ist nur tönerner Klang. Ein leeres Gefäß, so leer, wie ich mich fühle.

»Ich muss sie sehen.«

Das habe ich vorher schon gesagt.

»Nein«, flüstert Lennox. Auch er wiederholt sich.

Wir bewegen uns in Kreisen des Schmerzes. Ich möchte weinen, kann es aber nicht. Keine Träne erreicht meine Augen. In meiner Brust tut es weh. Mir bricht das Herz, es zerfällt in kleine Scherben. Acht davon. Acht Versionen von mir. Drei davon gibt es nicht mehr. Vier habe ich gefunden. Eine ist weit weg.

Eine Katze umschmeichelt meine Beine. Schwarz mit einem goldenen Streifen auf der Stirn. Shara. Milas Freundin – die von der Meute umgebracht wurde. Wie meine Schwestern.

Ich greife nach ihr und fahre mit meinen Fingern durch ihr weiches Fell. Sie versteht meinen Schmerz. Shara miaut leise und reibt ihren Kopf an meiner Hand. Sie miaut noch einmal. *Ich weiß.* Ich kann beinahe ihre Stimme in meinem Kopf hören. *Ich fühle es auch.*

Das ist zu viel für mich. Endlich kommen die Tränen. Nass und salzig, heiß und voller Schmerz.

Die Männer halten mich noch fester. Ein Wimmern kommt mir über die Lippen. Dann noch eines.

»Das ist gut, lass es raus«, flüstert Ryker. »Wir sind hier.«

Noch mehr Tränen. Sie laufen mir übers Gesicht, tropfen auf mein Hemd und bilden dort nasse Flecken. Normalerweise passiert das mit Blut. Haben meine Schwestern geblutet? Mussten sie leiden?

»Wie?«, frage ich mit erstickter Stimme.

Lennox streicht mir übers Haar. »Sie sehen friedlich aus. Haben keine äußerlichen Verletzungen. Als würden sie schlafen.« Seine Stimme bricht.

»Wir müssen sie mit nach Hause nehmen. In die Wärme. Es ist so kalt hier.«

»Natürlich. Wir werden sie würdig begraben«, verspricht Lennox. »Lass uns zuerst nach Hause gehen.«

Ich schüttele den Kopf. »Das geht nicht. Ich muss sie sehen.«

»Nein.«

»Er hat Recht«, flüstert Ryker. »Das würde nichts bringen.«

Ein Schluchzen überkommt mich wie eine eisige Welle. Ich kann das nicht. Hier sitzen, umgeben von meinen Männern, während sie da drüben alleine in dem kalten Spind liegen.

Ich schiebe sie weg, so kräftig ich kann und rappele mich auf.

Ich muss es sehen.

Einundzwanzig

Klein-Kat quietscht vergnügt, als Tante Rose einen Kuchen vor sie hinstellt. Sieben Kerzen. Dazwischen kleine Creme-Röschen. Ich bin versucht, danach zu greifen und eines von ihnen mit dem Finger in den Mund zu stecken. Ich kann es kaum noch erwarten. Beeilt euch.

Meine Schwester atmet tief ein und bläst die Kerzen aus. Eine flackert noch einen Moment, wehrt sich, verlöscht dann aber auch. Klein-Kat lächelt breit und wischt sich den Rauch aus dem Gesicht.

»Happy Birthday!«,!« ruft Tante Rose. «Und alles, alles Gute!".

«Happy Birthday«, wiederhole ich, gefolgt von allen anderen.

Wir sind zum ersten Mal alle versammelt. Caitlin, die Zwillinge, Klein-Kat und ich. Fünf Schwestern, endlich vereinigt. Hinter mir stehen die Männer und sehen uns amüsiert zu, während Lily, Bethany und Benjamin draußen den Grill vorbereiten.

Griffons Schwester ist mit ihrem Freund in der Küche. Die Beiden sind sehr nett, bleiben aber lieber unter sich. Junge Liebe halt. Später muss ich noch mit ihnen reden. Klein-Kat hat mir von den merkwürdigen Geräuschen erzählt, die sie nachts in deren Zimmer gehört hat und dass sie vorhabe, das näher zu untersuchen. Da blieb mir fast die Spucke weg. Klein-Kat hatte sicher nicht die beste Kindheit, aber ich werde alles tun, damit sie sich ihre Unschuld solange wie möglich bewahrt.

Sie schneidet den Kuchen stolz in riesige Stücke – ohne die Einwände von Tante Rose zu beachten – und nimmt sich selbst das größte Stück. Gutes Kind. Sie sieht längst nicht mehr so verhungert aus wie zu der Zeit, als ich sie gefunden habe und ist auch ein gutes Stück gewachsen. Ihr Haar glänzt und ihre Haut ist makellos. Ich kann Griffons Tante nicht genug danken für alles, was sie für meine kleine Schwester getan hat.

Klein-Kat ist jung genug, um noch eine gute Zukunft zu haben. Sie geht jetzt zur Schule, hat zwar noch ein bisschen Probleme, mit den anderen Kindern zurechtzukommen, aber das wird sich geben. Nur eines hat sie noch nicht geändert: ihren Namen. Die Kinder in der Schule nennen sie KK, hat mir Rose erzählt, was sich gar nicht so schlecht anhört. Sie wird sich später vielleicht selbst für einen Namen entscheiden. Wie Caitlin.

Die älteste meiner Schwestern steht etwas abseits

von uns und beobachtet lächelnd die Szene vor sich. Ich nehme zwei Teller mit Kuchen und gehe zu ihr, gebe ihr einen davon.

»Danke. Sieht gut aus.«

»Du kannst mir glauben, alles was Tante Rose hervorbringt, ist wunderbar«, erkläre ich ihr und erinnere mich an das selbst gemachte Eis, das sie uns beim ersten Besuch gegeben hat. »Klein-Kat hat besonders ihre Pfannkuchen in den Himmel gelobt. Ich hatte gehofft, wir würden die heute zum Nachtisch bekommen.«

»Ich hab noch nie Pfannkuchen gegessen.«

Und mehr braucht es nicht, und meine Stimmung sinkt merklich. Sie ist sechzehn Jahr alt und hat noch nie Pfannkuchen gegessen. Im ganzen Leben nicht. Ich hasse die Meute! Ich habe bei denen zwar auch nie welche bekommen, aber ich konnte wenigstens zu Straßenhändlern gehen und dort ab und zu welche kaufen. Lennox und ich haben uns manchmal davongeschlichen und Süßigkeiten mit den paar Münzen, die wir zurück behalten konnten, gekauft – oder sonst gestohlen. Unsere Bosse in der Meute hätten uns zwar grün und blau geschlagen, wenn sie mitbekommen hätten, dass wir nicht alles Geld ablieferten, aber das nahmen wir in Kauf. Mir läuft das Wasser im Munde zusammen beim Gedanken an die Zimtschnecken, die wir einmal aus einer Bäckerei entwendeten, indem wir durch ein offenes Fenster dort einstiegen. Es war die Sache wert, auch wenn der Bäcker schreiend und zeternd hinter uns her lief, als wir Fersengeld gaben.

»Wenn sie heute keine bäckt, mache ich sie dir«, verspreche ich. »Oder besser noch – wir könnten in ein Café gehen und richtige essen. Bei mir weiß man nie, ich setze bei dem Versuch vielleicht die Küche in Brand.«

Sie lacht leise. »Man hat mir gesagt, das wäre nicht das erste Mal.«

»Hey, das war nicht allein mein Fehler. OK, vielleicht doch – aber die sollten endlich aufhören, hinter meinem Rücken über meine hauswirtschaftlichen Fähigkeiten zu lästern.«

»Oder deren Nichtvorhandensein.« Lily kommt hinzu, sie riecht geräuchert. »Wie schmeckt der Kuchen?«

Bevor ich ihr noch sagen kann, dass ich noch keine Gelegenheit hatte, ihn zu probieren, hat sie schon meine Gabel an sich genommen.

»Hmmm«, stöhnt sie, »hier müssen wir wieder herkommen. Oder Tante Rose wird unsere offizielle M.I.A.U. Köchin. Ich würde zehn Prozent meines Gehalts opfern, wenn wir sie einstellen könnten.«

Ich lache. »Wie großzügig von dir. Aber vielleicht bleibt Rose lieber hier. Ihre Töchter leben bei ihr, Griffons Schwester auch. Und nun Klein-Kat.«

Ich beobachte unser jüngstes Familienmitglied, wie sie genüsslich in ihren Kuchen beißt, das Gesicht voller Puderzucker. Sie sieht so entzückend aus, dass ich mich schwer beherrschen muss, nicht zu ihr zu laufen und sie lange und fest zu knuddeln. Es wird nicht leicht werden, sie hier zurückzulassen; wer weiß, wann wir sie wieder besuchen können.

»Hast du schon mit ihr gesprochen?«, fragt Lily.

Ich schüttele den Kopf. »Nein, aber Rose weiß Bescheid. Für sie ist es OK, wenn Klein-Kat hierbleibt. Sie hat sogar gedroht, ihre Sirenenkräfte einzusetzen, falls ich vorhaben sollte, ihr das Kind wegzunehmen.« Ich lache bei dem Gedanken. »Sie ist eine beeindruckende Frau. Ich bin überzeugt, dass Klein-Kat hier sicher sein wird, jetzt, wo die Meute in alle Winde zerstreut ist.«

Rykers Katzen haben die Stadt nach verbliebenen Wandlern abgesucht, aber keine gefunden. Die Mitglieder der Meute, die nicht von uns getötet worden sind, müssen fortgegangen sein. Wir haben ihr Hauptquartier in Brand gesetzt, nachdem wir überprüft hatten, dass sich keiner mehr im Gebäude befand. Lennox hat erzählt, dass Herr Moon einige der jüngeren Wandler aus der Meute bei sich aufgenommen hat. Sie werden jetzt Teil seiner Kohorte. Wir werden weiter ein Auge auf Moon haben müssen. Wäre nicht gut, wenn seine Gruppierung zu einer neuen Meute heranwüchse. Lennox vertraut ihm, aber ich nicht; nicht ein winziges bisschen.

Als er mir sagte, wo wir K9 und K10 finden würden, wusste er schon, dass sie tot waren. Aber er hat uns keine weiteren Einzelheiten verraten. Er hat mich vielmehr an der Nase herumgeführt, deshalb mag ich ihn nicht.

Wir haben uns von meinen beiden jüngsten Schwestern letzte Woche verabschiedet, mit einer traditionellen Fluss-Feuerbestattung. Katzen begraben ihre Toten nicht und bei der Meute, verschwanden Leichen einfach auf Nimmerwiedersehen. Sirenen vollziehen ein seltsames gesungenes Ritual, für das man aber mindestens zehn Personen braucht, das fiel also auch aus. Letzten Endes machten wir es wie die Menschen.

Es war auf seine Art wunderschön. Wir legten sie auf kleine mit Phoenix-Blumen geschmückte Flöße. Ihre kleinen Körper waren in bunten Stoff gehüllt – und nein, meine Männer verbaten mir, sie anzusehen. Das war schwer für mich, und ich bedauere noch immer, dass ich es nicht getan habe, aber gleichzeitig weiß ich, dass sie mich in meinen Träumen noch mehr verfolgen würden, wenn ich sie gesehen hätte.

Als die Flöße ein gutes Stück den Fluss hinab getrieben waren, schoss ich brennende Pfeile auf sie ab und setzte die Blumen in Brand. Goldene Flammen umringten die Flöße und leckten in den Himmel, wie Federn des gleichnamigen Vogels.

Die anderen gingen fort, als die Flöße in den Wellen des Flusses versunken waren, aber meine Schwestern und ich blieben und sahen hinaus auf das Wasser. Caitlin, Ivy, Vier und ich. Nach dieser seltsamen Tanzvorstellung haben die Zwillinge beschlossen, ihrer älteren Schwester zu vertrauen. Sie nimmt vorsichtshalber immer noch die von Bethany entwickelte Medizin, und Griffon überprüft, inwiefern sie noch für seine Sirenenkräfte empfänglich ist. Wir können wahrscheinlich nie hundertprozentig sicher sein, dass sie nicht wieder unter den Einfluss der Sirenen geraten kann, aber das würde mich doch überraschen. Caitlin ist stark, auch wenn ihre Stimme das nicht verrät und sie eher schüchtern wirkt. Die Killerpersönlichkeit, die man ihr aufgezwungen hat, hat mit der wahren Caitlin nichts zu tun, die sich Schicht um Schicht herausschält und allmählich Jahre von Folter und Zwang hinter sich lässt. Ihr Inneres ist schön. Viel unschuldiger als meines oder das der Zwillinge. Keine Ahnung, wie sie es geschafft hat, so zu bleiben, aber ich beneide sie darum. Mit etwas Unterstützung könnte es ihr gelingen, ein ganz neues Leben zu beginnen, eines ohne Gewalt.

Die Zwillinge sind das genaue Gegenteil. Sie sind voller Tatendrang und Rachegefühle. Sie möchten Teil von M.I.A.U. werden, aber ich bin mir nicht sicher. Sie sind zu jung, um Killer zu werden. Ich sähe es lieber, wenn sie Bildung bekämen, eine Kindheit hätten, lernten zu spielen. Das könnten sie nicht, wenn sie bei mir blieben.

»Ich habe beschlossen, mit euch zu gehen«, sagt Caitlin, als hätte sie meine Gedanken gelesen. »Ich möchte nicht in dieser Stadt bleiben. Mit ihr sind zu viele schlimme Erinnerungen verbunden, auch wenn ich mich fast nur in dem einen Gebäude aufgehalten habe. Ich möchte bei euch bleiben, euch helfen, ein neues Zuhause zu finden und dann entscheiden, ob ich bleibe oder ein bisschen auf Reisen gehe. Ich möchte etwas von der Welt sehen.«

Ich nehme ihre Hand, was meiner normalen Art, mit Emotionen umzugehen, total zuwiderläuft. Ich umarme sie aber nicht, so weit bin ich denn doch noch nicht.

»Du kannst bleiben, solange du willst«.

»Danke«. Sie schenkt mir ein ehrlich gemeintes Lächeln. »Ich bin froh, dass du mich gefunden hast. Und dass du mich nicht getötet hast.«

»Jo, ich auch«, lache ich. »Und ich bin auch froh, dass du mich am Leben gelassen hast.«

»Was sind wir doch für eine seltsame Familie. Sind froh, dass wir einander nicht umgebracht haben. Ob andere Leute auch über solche Dinge sprechen?«

Lily kichert. »Nicht in meiner Familie, dabei sind wir alle ein bisschen verrückt. Wir streiten schon mal, aber immer ohne den Einsatz von Waffen.«

Ich starre sie an. »Nicht mal eine kleine Klinge. Ein Küchenmesser oder so?«

»Nö.«

»Gifte?«

Sie schüttelt den Kopf.

»Und was macht ihr, wenn ihr richtig Spaß haben wollt?«

Lily seufzt. »Kat, du musst noch viel lernen. Ich werde dir zeigen, wie toll es ist, abends auszugehen und Verführungs-Bingo zu spielen.«

»Was ist das?«, fragt Caitlin neugierig.

»Man macht eine Liste von Leuten mit unterschiedlichen Merkmalen, die man verführen will; also zum Beispiel jemanden mit starkem Haarwuchs, jemanden mit grünen Schuhen, jemanden, der genauso groß ist wie man selbst. Dann hast du eine Nacht lang Zeit, so viele wie möglich von deiner Liste abzuarbeiten.«

Caitlins Augen werden größer. Sie ist so süß und unschuldig. »Schläft man mit allen von ihnen?«

Lily zuckt mit den Schultern. »Wenn du willst, aber das ist nicht nötig. Die Kunst der Verführung hat nicht unbedingt mit Sex zu tun.«

»Jetzt fang du nicht auch noch an, mit meiner kleinen Schwester über Sex zu reden«, stöhne ich. »Ich muss mit Griffons Schwester noch ein ernstes Wörtchen reden zu diesem Thema.«

»Du willst mit Griffons Schwester Sex haben?« Lily lacht laut.

Ächz. Familie kann einem echt auf die Nerven gehen.

Ich liebe Tante Rose. Inbrünstig, heiß und innig.

Dieser Kartoffelsalat ist so fantastisch, obwohl ich mir aus Kartoffeln sonst nicht viel mache.

»Du bist wunderbar«, sage ich ihr, während ich auf einem Stück knusprig gebratenen Specks kaue. Ja, in ihrem Salat ist Speck. Habe ich schon erwähnt, dass ich sie anbete?

»Das höre ich immer wieder«, sagt sie mit zufriedenem Lächeln. »Deshalb kommen meine Töchter auch noch zum Essen her, obwohl sie längst erwachsen sind. Eine von ihnen ist allerdings gerade nach Attenburg gezogen, wird also eine Weile nicht kommen können.«

Attenburg. Der Ort, an dem sich K7 befindet, die

einzige Schwester, die noch gerettet werden muss. Soviel wissen wir. Wir haben uns durch die meisten Unterlagen von Projekt Indigo gearbeitet. Nur neun von uns haben das erste Jahr überlebt. Von diesen neun sind sechs noch am Leben.

»Ist das eine schöne Stadt?«, frage ich unverfänglich.

»Oh ja. Ich habe dort selbst ein paar Jahre gelebt, nachdem ich mein Studium abgeschlossen hatte. Ich habe dort sogar meinen Mann kennengelernt.« Ihr Lächeln wird dünner, aber sie fährt fort. »Das ist eine reichere Stadt als diese hier. Mit vielen schönen Häusern und gut aussehenden Menschen. Aber weniger hübschen Geheimnissen. Wenn man Klatsch und Tratsch mag, ist Attenburg ein guter Ort. Jedes Jahr trifft sich dort die High Society der Sirenen zu ihrem jährlichen Wohltätigkeits-Ball. Das dort eingenommene Geld fließt zwar nicht wohltätigen Zwecken zu, aber dem Erfinder hat die Bezeichnung gut gefallen. Hört sich doch besser an als »Veranstaltung, wo sich jeder nach Kräften besäuft und dann ausfällig wird«. Das war nie etwas für mich, aber die Stadt selbst ist hübsch. Drei Flüsse umgeben sie und trennen die reicheren Gegenden von den Elendsvierteln.«

»Dann sind die Hauspreise dort sicher hoch?«

Sie lacht. »Willst du am Immobilienmarkt tätig werden?«

»So ungefähr.«

»Ja, stimmt schon. Dort bekommst du eine kleine Wohnung für dasselbe Geld, das du hier für ein Haus ausgeben würdest. Aber du hast Glück. Rate mal, wo meine Tochter arbeitet?«

Ich zucke die Schultern. Ich weiß nichts von ihren Töchtern. »In einer Leichenhalle?«

»Bei einem Immobilienmakler. Ich gebe Griffon ihre Adresse. Sie kann dir bestimmt helfen, etwas Erschwingliches zu finden.«

Ich nicke ihr dankbar zu und knabbere an einer Wurst herum, während ich darüber nachdenke. Ich hatte sowieso vor, wegen K7 nach Attenburg zu gehen; aber jetzt, wo ich weiß, dass dort viele Sirenen leben... Die haben bestimmt Verbindungen zu den Fangs. Oder zur Meute. Egal was, sie sind mit Vorsicht zu genießen.

Es ist keine gute Idee, dort hinzuziehen.

Weshalb ich es natürlich tun werde.

EPILOG

Vier klobige Pferde sind vor unseren Wagen gespannt, um ihn zu unserem neuen Zuhause zu ziehen.

Sie kauen gelangweilt auf etwas Heu herum und warten, dass wir unsere Verabschiedungen beenden.

Ryker ist von Dutzenden Katzen umgeben. Ungefähr die Hälfte seiner Familie hat beschlossen, hier zu bleiben. Er lässt sie unter der zuverlässigen Führung von Stormy zurück. Es tut mir leid, dass sie nicht mitkommt, aber sie eignet sich hervorragend als Clan-Führerin.

Die anderen Katzen sind schon im Wagen oder springen um ihn herum. Der kleine Pumpkin, Rykers Sohn, sitzt auf einem der Pferde. Es wundert mich, dass er noch nicht abgeworfen wurde, aber er ist die Art von Kätzchen, das mit jedem Freundschaft schließt, sogar mit Pferden.

Wir haben uns gestern schon von Klein-Kat und Tante Rose verabschiedet, also sind jetzt nur noch die Zwillinge hier. Ich musste stundenlang auf sie einreden um sie davon zu überzeugen, nicht mit uns mitzukommen. Sie bleiben in den nächsten sechs Monaten bei Rose. Auf mehr haben sie sich nicht eingelassen. Danach können sie überlegen, ob sie zu mir kommen wollen oder weiter hier leben.

Rose hat versprochen, einen Hauslehrer für sie zu finden. Keine Ahnung, ob sie je Schulbildung genossen haben, wahrscheinlich müssen sie bei null anfangen. Nicht, dass ich besonders gebildet wäre, aber meine Arbeit bei M.I.A.U. hat mich erkennen lassen, wie wichtig der Umgang mit Zahlen ist. Und ich will sie natürlich nicht in die Lage versetzen lassen, später mal meine Assistenten zu sein und den Verwaltungskram zu übernehmen. Nie. Wie käme ich denn auf so eine Idee - glatt gelogen...

Sie stehen Seite an Seite und halten sich an den Händen. Es tut mir weh, sie zurücklassen zu müssen, aber es ist besser für sie.

Sie benehmen sich zwar oft wie Erwachsene, sind aber noch Kinder. Und ich kann mich nicht alleine um sie kümmern, zumal ich noch unsere einzig fehlende Schwester suchen will.

Ich räuspere mich und weiß überhaupt nicht, was ich sagen soll. Abschiede sind nicht mein Ding. Normalerweise laufe ich einfach weg ohne mich umzudrehen. Das hier passiert mir zum ersten Mal. Oder zum zweiten, wenn gestern mitzählt, wo ich mich von Klein-Kat und Tante Rose verabschiedet habe. Klein-Kat zumindest versteht noch nicht wirklich, was ‚Zeit‘ bedeutet. Für sie werden die nächsten sechs Monate vielleicht so schnell vergehen, dass es sich wie gestern anfühlt, wenn wir uns wieder treffen und sie an unseren Abschied denkt. Das hoffe ich zumindest.

»Passt auf euch auf«, sage ich ein bisschen hilflos. »Macht keinen Unsinn. Versucht, niemanden umzubringen. Und falls ihr es doch tut, lasst die Leiche unauffällig verschwinden. Säure bietet sich da an. Und falls man euch vergiftet, ruft mich an, dann setze ich Bethany auf den Fall an. Ich schicke Tante Rose meine Anschrift und Telefonnummer sobald wir ein Haus gefunden haben. Und falls man euch absticht, ...«

Griffon legt mir einen Arm um die Schultern. Ich bin so durcheinander, dass ich ihn nicht habe kommen hören.

»Was sie sagen will ist, ihr sollt auf euch aufpassen und euch gut benehmen. Und dass wir euch vermissen werden. Stimmt’s, Kat?«

Ich nicke. »Genau. Aber das mit der Säure habe ich auch so gemeint.«

Ivy lacht. »Danke. Wir sagen dir Bescheid, wenn wir eine Leiche loswerden müssen.«

»Klar doch«, grinst Vier. »Und pass auch auf dich auf – jetzt, wo du Ivy nicht mehr hast, die dich ablecken kann.«

Eklig.

Ich umarme sie flüchtig, bevor ich zum Wagen eile. Ich will nicht, dass sie sehen, wie verunsichert ich mich fühle. Das Zwischenmenschliche liegt mir einfach nicht. Vielleicht sollte ich mich wandeln und mich auf dem Dach des Wagens zusammenrollen und so tun, als sei ich eine Katze, die mit anderen Leuten nichts weiter zu tun hat.

Kurz bevor ich in den Wagen steige, ruft mir Vier von weitem zu »Hey, Kat! Wofür steht denn M.I.A.U. nun eigentlich?«

Ich grinse. »Hast du das noch nicht rausbekommen?«

M.I.A.U.
Mord im Auftrag – unverzichtbar!

❀ ❊ ❀ ❊ ❀ ❊

Miau! Die Geschichte wird fortgesetzt in Beiß zu, *dem fünften Buch der Serie.*

In meinem Newsletter erfahrt ihr alles weitere über die Killerkatzen und andere Bücher: skyemackinnon.de/newsletter

Kat hätte auch sehr gerne eine Rezension, falls ihr einen Moment Zeit habt...

Anmerkung der Autorin

Liebe Leser,

Jetzt, wo die Meute endlich besiegt ist, werden Kat und ihre Familie ein neues Leben in einer neuen Stadt beginnen, was natürlich nicht bedeutet, dass es für sie leicht sein wird – ganz im Gegenteil. Es kommt zu weiteren Morden, gibt Spione auf Samtpfoten und sogar einen Diamantenraub.

Ist schon seltsam, wie Kat zum Teil meines Lebens geworden ist. Ich schreibe jetzt seit mehr als neun Monaten über sie. Und trinke gerade aus einem M.I.A.U.-Tasse. Ich habe zwei T-Shirts mit M.I.A.U. – Motiven (alle erhältlich in meinem Redbubble Shop). Und meinen Kühlschrank ziert mittlerweile ein Kat-Magnet. Wenn ich nicht aufpasse, werde ich beim nächsten Signieren als Kat erscheinen...

Ich hoffe sehr, ihr werdet Kats Abenteuer weiter begleiten, auch wenn gelegentlich zu viele Tote ihren

Weg säumen. Und muss mich bei allen Vegetarier/innen und Veganer/innen für Kats Blutrausch entschuldigen (auch bei dir, Renée!). Ja, ich gebe zu, in Kapitel 20 selbst ein paar Tränen vergossen zu haben. Ich hätte da gerne etwas Angenehmeres geschrieben, aber Kat hatte andere Pläne.

Fühlt euch alle an Kats pelzige Brust gedrückt (obwohl sie so etwas natürlich nie täte!)

Skye

Die Autorin

Skye MacKinnon ist eine schottische Bestsellerautorin mit einer Vorliebe für fantastische Welten, keltische Mythologie und starke Heldinnen, die nicht gerettet werden müssen.

Sie wurde zwar in Deutschland geboren, ist aber inzwischen so schottisch, dass sie ihren Tee nur mit Milch trinkt, regelmäßig Haggis jagen geht und auch schon unter den ein oder anderen Kilt geschaut hat (natürlich rein zu Forschungszwecken).

Wenn sie nicht gerade in ihrem Lieblingscafé schreibt, vertilgt Skye getrocknete Mango, erkundet die schottischen Highlands und kuschelt mit ihrer hyperaktiven Katze.

Skyes deutsche Bücher & Newsletter:
skyemackinnon.de

Skyes englische Bücher:
(einige sind auch als Hörbuch erhältlich)
skyemackinnon.com/books

Bücher von Skye MacKinnon

Highland Shifters

Eine übersinnlicher Reverse-Harem-Serie mit einer starken Heldin und vier sexy Bären-Shiftern. Freut euch auf starke Alpha-Männer, ein episches Abenteuer, heiße Szenen, schottische Landschaften, Mythologie und ein post-apokalyptisches Setting.

Celtic Magic

Spannung, Magie und Leidenschaft gemischt mit schottischer Mythologie. Dies ist eine Reverse-Harem-Romance in der Wyn nicht nur einen, sondern gleich vier umwerfende, heiße Partner hat.

Killerkatzen

Eine Urban Fantasy Reihe voller Katzen, Geheimnisse und Morde. Dies ist eine sich langsam entwickelnde Reverse Harem Geschichte, in der Kat sich nicht zwischen ihren Partnern entscheiden muss.

Starlight Highlanders: Aliens mit Kilt

Wenn ihr auf heiße außerirdische Highlander in Kilts steht, starke Frauen, die sich nicht gerne sagen lassen, was sie tun sollen, und Happy Ends, dann taucht ein in die Welt der Starlight Highlander.

Starlight Wikinger

Raue Wikinger aus dem Weltall suchen Frauen auf der Erde...
Heiße Aliens, spannende Action und eine Prise Humor
erwartet euch in der mitreißenden Starlight Wikinger
Trilogie.